岁时历

日日是好日

郑静 著

上海文化出版社

Solar Terms

岁时历
序

一切只为过日子

2011年初春,那时候微博正火,大家每天都兴致勃勃地评论转发着大事小情。可我这个专业码字、拍片近二十年的人,对这140字的微博体就是有障碍。总觉着带署名的稿子更要谨慎、认真,哪怕只是寥寥几句,也得言之有物,那些联合国秘书长该操心的国际大事离我太遥远,采访不到不能瞎编不是。职业病真心要不得。

一天烧好晚饭后,拍了张照片发到微博上,算是一条更新。记得那天发的是青豆腊肠炒笋丁,用了个蛮好看的盘子,一旁还配了枝红豆。职业病就是这么时不时爆发一次。随后微博上就热闹起来,大家各种评论,有嚷嚷着饿了的,也有专门来看餐具的,还有亲弱弱地问青豆和豌豆是同一种豆么?

我一一回复后,第二天继续发#每日一菜#,就这样春夏秋冬的一直到现在,整整有六个年头了。朋友们戏称我为厨娘,或是慢慢地用"绿色蝴蝶"取代了我的真名,我都笑纳。蛮好的,在网络时代，大家有几个花名那是必须的。

从微博到后来的微信公众号"蝴蝶厨房"，我从每日一菜，开始写一些生活小文，说说时令、节气，或是江南的习俗。谷雨的新茶，端午的五黄，中秋的冰皮月饼，每一个节令我都和家人一起认认真真地过，然后认认真真地写出来，和大家分享。小伙伴们每到时节，也会来我这叨叨，问冬至该怎么进补，咬春的时候春饼里应该配哪几样菜，我也很高兴用自己的生活经验来替代百度百科，告诉她们各种心得。最起码有图有真相，可行指数绝对靠前。

我们时常会说，老底子的人是怎么怎么过日子的。对了，木心说得好——"从前慢"。那种慢悠悠、笃定过日子的心态如今成了非物质文化遗产，就差开追思会去缅怀了。其实，日子一直都在，四季轮回的时候，菜场里的蔬菜瓜果都会产生变化。马兰头一年真的就那么几天好吃，海棠花一落，它也开始下市了。日本人把这种机缘描绘得比较严肃，"一期一会"，我们的外婆们则务实很多，一碟子的香干马兰头，就把这春的滋味尽收其中。中国人的生活哲学，就在这寻常日子里。

我在微博上的签名里写过"厨艺写字和插花，一切都只为过日子"。书中的时令小菜是做给家人吃的，照片大多是先生拍的，那些生活经验是父母和长辈留给我的。回忆着小时候的日子，好好地过自己的日子。同时,我也想让自己的孩子能和我一样,有段美好的记忆,长大后知道该如何用心地对待自己的生活，记得立夏的时候煮份豌豆糯米饭，一人食还是两人份那都不重要，开心就好。元宵节的汤团也不是只能去超市买，糯米粉和上水，是可以包出香糯芝麻汤团的。

佛家说"日日是好日，时时是好时"。春花秋月都有它美好的时候，希望我的这本岁时历能伴随大家翻过四季，从清茶喝到热酒，来年再熬一锅腊八粥。记得一定要凑满八样。

绿色蝴蝶　郑静
写于 2016 年谷雨

目 录

015　元旦（公历 1 月 1 日）
　　　挂历、台历，老皇历

018　小寒（公历 1 月 5~7 日之间）
　　　围炉炒白果

021　大寒（公历 1 月 20~21 日之间）
　　　羊汤补一补

025　腊八节（农历十二月初八）
　　　煮一锅甜粥

028　春节（农历腊月二十三至正月十五）
　　　腊月二十三，年该忙起来
　　　风雅过年

044　元宵节（农历正月十五）
　　　和汤圆一样，再认真地团圆一次

047　立春（公历 2 月 3~5 日之间）
　　　咬春乃发生

050　情人节（公历 2 月 14 日）
　　　一"杯"幸福

054　雨水（公历 2 月 18~20 日之间）
　　　清甜糯米浆

057　惊蛰（公历 3 月 5~6 日之间）
　　　惊蛰日的文艺水萝卜

061　二月二（农历二月初二）
　　　慢悠悠吃下一条龙

目 录

妇女节（公历 3 月 8 日）   065
美好其实只要五分钟

春分（公历 3 月 20~21 日之间）   070
想好了爱上香椿么？

清明（公历 4 月 4~6 日之间）   074
闲啖小螺蛳

上巳节（农历三月初三）   079
春日雅集

谷雨（公历 4 月 19~21 日之间）   083
做茶点，配新茶

立夏（公历 5 月 5~6 日之间）   088
豌豆糯米饭

母亲节（公历 5 月的第二个星期日）   091
"自私"的礼物

小满（公历 5 月 20~22 日之间）   094
薄荷微苦刚刚好

儿童节（公历 6 月 1 日）   098
给予不如共享

芒种（公历 6 月 5~7 日之间）   102
烟火气送花神

端午节（农历五月初五）   106
红黄都辟邪

目 录

111 夏至（公历6月21~22日之间）
剥豆听评弹

115 小暑（公历7月7~8日之间）
祛湿平气，让人好起来

121 大暑（公历7月22~24日之间）
夏日凉茶泡起来

126 立秋（公历8月7~9日之间）
穿花裙吃西瓜再乘一次风凉

131 七夕（农历七月初七）
花草首饰女儿心

138 中元节（农历七月十五）
就中意一次荷花

142 处暑（公历8月22~23日之间）
煮盐水花生吃到渔舟唱晚小调起

146 白露（公历9月7~9日之间）
鸡头米不好辜负

151 教师节（公历9月10日）
授人厨艺，手有余香

154 中秋节（农历八月十五）
有月饼的中秋才完整

157 秋分（公历9月22~23日之间）
秋花秋色秋梨膏

目 录

寒露（公历 10 月 8~9 日之间） 160
桂花甜羹有助收心

重阳节（农历九月初九） 163
风雅重阳糕

霜降（公历 10 月 23~24 日之间） 166
秋日果酱

万圣节（公历 10 月 31 日） 170
让菊花和南瓜做朋友

立冬（公历 11 月 7~8 日之间） 173
甜蜜记忆：赤豆桂圆羹

小雪（公历 11 月 22~23 日之间） 178
小雪天，芝麻糊

感恩节（公历 11 月第四个星期四） 181
看得见的幸福

大雪（公历 12 月 7~8 日之间） 186
猪脚汤是福

冬至（公历 12 月 21~23 日之间） 189
数九消寒

圣诞节（公历 12 月 25 日） 192
圣诞煮热酒

元旦（公历1月1日）

挂历、台历，老皇历

新年第一天，把案头的旧台历收起来，换上新的。台历是自家做的，所以虽过了气，也没舍得扔，好好地把它收起来。自从在微博上用"绿色蝴蝶"的诨名发每日一菜开始，已经是五年过去了。每年年末将所发的内容收集起来做本台历，一来算是给自己做个小结，二来当新年礼物送送朋友，倒也比买来的亲香些。

如今这日子早不比从前，平日里除了结婚，也少有人看皇历了。这只争朝夕、日新月异的劲头，早上才在黄浦江边吃小笼，中午就得到巴黎喂鸽子，约个一周后的饭局那都没法定下来，计划赶不上变化呀。如果不在水果手机的备忘录里记上一笔，时常会错过重要的约会，恨不得人人配个秘书，一早起来就给自己报日程。咳！看看我们有多忙！

其实，我们原先不是这样的。小的时候，外婆每天起来第一件事情就是去撕一张日历，大大的，订在月份牌上。上面要么画个美人，要么是年画，日历上的字很大，除了写日子，还会写着今日宜嫁娶什么的，翻翻就能查到哪天是黄道吉日。后来日历不流行了，大家纷纷爱上了挂历，没办法，喜新厌旧人之常情，别说花无百日红，连这日常物件也难免如此命运。挂历上有外国街景、时髦美人，印得精美。年底的时候各家都使出浑身解数，就为了弄款好看的挂在家里，陪伴一年的光景。而旧挂历正好用来包书皮，新学年里光这一项就能让女孩子们攀比一番。记得有一年，有位文艺的叔叔送了份特文艺的挂历来，上面全是希腊雕塑，圣洁的维纳斯、雄壮的执矛者，各个坦诚相待、历历在目，遮掩度最高的也就属米隆的掷铁饼者了，虽然没到需要打马赛克的地步，但也是袒胸露乳，六块肌勾勒有致，硬朗着呢。这份挂历只挂上一周，就在客人的质疑声中被"取缔"了。艺术这事，一群众了，就会有压力。后来换了幅青绿山水，才算天下太平。

至于后来几年的款式，就记不太清了。随着房子越换越大，越装越奢，大家纷纷忌讳在新家的墙上敲钉子，挂历的风光也慢慢烟消云散。文庙里还没到新年，就开始大甩卖了。前两天路过泰康路，装裱铺子的花车里十块钱一本扔在那，可怜兮兮的，无人问津。

皇历、挂历都不入人眼了，那总得有些什么替代。相比挂式的，台历就讨巧了很多。故宫博物院从2010年开始恢复推出故宫日历，里面有碑帖，有书画古玩，简直就是一本珍宝集。这日历在1937年的时候就曾有过，它就是当时的文创产品。当时还有相配的广告词，说它是"震铄世界惟故宫日历足以当之，独霸天下惟故宫博物院有此资料"，"案头壁上，皆可适用，自备送礼，均极相宜"。营销那是相当的成功。可惜这日历只出了五册，国一动荡了，还哪有心思文创呀。如今，民国范复苏，故宫也顺应潮流，重新推出，简直成了文青们的标配。新版日历装订成口袋书大小，放在台子上每日翻一页，看看日子顺便还能长知识。

古人把一年四季称为岁时，将四季中的风物杂事记录下来，称为岁时记。什么《荆楚岁时记》《燕京岁时记》，大多是些絮絮叨叨的小事。可时光荏苒，回头再看，这就是古文献了。日子就这样，一年年得周而复始，春夏秋冬，二十四个节气，包了粽子等月饼，吃了腊八粥便把年来忙。岁月静好这事，其实也就大抵如此。

岁时历　日日是好日

围炉炒白果

小寒,一年中最冷的日子到了。这时候,什么冰激凌、气泡水统统没市场,最想念的是那些热烘烘、烫手烫嘴的小食。比如炒白果。

不知道为什么,小时候白果总是很贵很贵。同样的价钱糖炒栗子能买一大包,而白果就那么一小撮,三角纸包包着,热乎乎的。大人会说,白果小人不能多吃,吃多要中毒的。家里规矩,几岁吃几粒,但这也只限制于小小孩,到了八岁后也就没涨过,和大人的工资一样,到数就封顶,再也没盼头了。

所谓物以稀为贵。一直觉得白果特别特别好吃,捏节节(沪语Q弹的意思),肉筋筋,而且卖相又好。白壳里剥出来透着点绿,像玉石一样。春节的时候配着炒虾仁,绝对扎台型(沪语:意为"有面子")。

但我还是喜欢盐炒出来的白果,更糯更香。热的时候剥开来,似乎还看得到一股热气冒出来,边吹边扔进嘴里,越烫越好吃,白果微苦微甜,回味无穷。

后来可能是大面积种植的关系,白果便宜下来。每年银杏叶黄的时候,我都会买上一小筐囤着慢慢吃。

自家炒白果其实很便当的。倒些海盐进锅里,文火炒热,然后把白果扔进去慢慢炒,等白果壳微微泛黄,就赶紧盖上锅盖关火。一会儿工夫就听到锅里噼里啪啦乱响,和爆米花一样。等安静下来,打开锅盖,香味随着热气一起腾上来,突然让人有种过年的感觉。

是呀,老底子过年每家每户都有炒瓜子花生炸巧果的。煤气上

要煨煮,所以生个煤球炉子在客堂间弄炒货。大人挥动着锅铲哗啦啦地炒动着,一锅香瓜子,一锅南瓜子,一锅长生果,然后不停地嘱咐小人一定不能偷吃,热的炒货要吃坏喉咙,年里放不得花炮要去看医生的。但十个孩子九个馋,哪顾得上这些,小手早就拈着往嘴里放。也是那样噘着小嘴吹呀吹,扔在嘴里忍不住烫掉到手里,再吹吹再吃。大人顶多骂声"馋老胚",笑着也就过了,年里哪会真动气。

如今春节不再炒干果了,虽说店里什么都有,但总不是那个味。不是不甜,也不是不咸,而是不香,少了那股热闹的香。小寒天,炒白果时把盐留下,反正今年年早,不如到时炒些别的什么,回味一下久违的感觉,看看是不是还香。

[**海盐炒白果**]

原料:海盐、新鲜白果

做法:1. 海盐放入铁锅中文火炒热;

2. 将白果放入锅中炒,盐要没过白果;

3. 炒至白果壳变黄,即盖锅盖关火;

4. 等锅内不再发出噼里啪啦的声音,即可开盖盛出。

大寒（公历1月20~21日之间）

羊汤补一补

大寒，农历年的最后一个节气。再往后就该辞旧迎新过春节，再然后就是春暖花开，河边看杨柳了。

按老人说法："冬日进补，开春打虎。"所以说做个武松啥的也不困难，关键是补。如果说亲，过了冬至，又错过了小寒，那这最后的机会一定得要抓牢。虎什么的打不打无所谓，但开春后各自有革命工作需要去做，各种美景需要去看，各种中西美味需要去吃，没个好身板怎么行。所以综上所述，这天得补。

所谓药补不如食补，阿胶什么的还有个男女差异，而吃那是老少皆宜，一锅出来全家补，多好。这冬日里最合适的食补自然得数羊了。你可以白切、红烧，而蝴蝶觉得最好最补的莫过于炖汤。看看中国人给产妇都吃什么？各种汤，在女人最虚弱最需要滋补的时候，就是汤水，猪脚汤、母鸡汤、鲫鱼汤，连黄豆芽也要煮了吃汤。汤水，最容易被吸收，寒冬腊月里也最暖脾胃。

上海买羊肉最好的地方是浙江路，那里清真一条街。羊肉铺子一字排开，有兰州的、宁夏的、新疆的，各家都挂满了羊，再加上中间穿插一两家羊肉馆子，总之短短百米的街道上满是羊味。冬日晚上从那走过，支在外面的羊肉串摊位冒着火星，烧烤发出的肉香能飘出很远，一个馕三串羊肉，精致出了名的上海人有时候也会豪放一下。

在这里买羊肉，需要你大手笔一些，最好一下来一只羊腿。店伙计会三下五除二帮你分解,那刀上下翻飞的样子,绝对比得上《新龙门客栈》里的鞑子。新鲜的羊肉拿回去,稍微分一分,精瘦的腿肉留着爆炒,带油带皮的可以红烧,那些骨头就可以炖汤了。

大锅大骨头,小火一直笃着。汤里可以放姜,可以放酒,也可以放红枣、桂皮和香叶,但再怎么放,羊就是羊,要说想一点不膻,那又何必吃羊?

炖上半天,天暗了,汤浓了,盛上一碗,撒点红的辣椒、绿的青蒜,暖腾腾地补起来。第二天起来,羊汤上结起厚厚的羊油,捞起来烙酥饼,那又是一份极好的美味。补,那得有持久性。

[清炖羊汤]

原料:羊骨、蒜瓣、姜、红枣、黄酒、辣椒、青蒜叶

做法:1. 羊骨加水大火熬开后,撇去浮沫;

2. 加蒜瓣、生姜、红枣、黄酒,小火慢炖;

3. 三四小时后羊汤变白,肉酥烂即可;

4. 盛出一些,吃时加盐、辣椒、青蒜叶。

腊八节（农历十二月初八）

煮一锅甜粥

一直觉得自己过得像个中年人，还是偏于老年的那种。青年的日子是刷一下就过去了，等回过神的时候，青春小鸟的尾巴都早已不在画面里。其实很可能从没来过，也罢，就让我踏踏实实地过两天中老年的懒散日子。

喜欢每到节气琢磨点吃喝，年轻貌美的姑娘说，这种守旧的做法一概属于年老的表现。我承认，我就是这么一位老人家。冬至了要补，春节前要腌咸肉，等着春笋上市的时候好美美地弄一锅腌笃鲜。眼看着，吃腊八粥的时候到了，收罗出家里的各色豆子干果，煮一锅扎扎实实的粥。

年轻的时候，顶不喜欢吃这种放了配料的粥。年纪轻，认为一切事情都是非黑即白的。和人好，就好到蜜里调油，整天地腻味在一起；和谁不过眼，那身上的一切都不对，连笑声都觉得不入耳。整天像战士一样捍卫着自己的评判标准，守着白粥独自屏气。就这样错过了多少人，错过了多少粥，一清二白的青春难怪这么容易流走，没有牵挂呀。

其实人生和粥一式一样，哪能分得那样清爽。就算是白粥也得黏黏糊糊的才好吃，米是米汤是汤的，那叫开水淘饭，只伤胃不养人的。

等明白了粥的好，人生已经过去若干。也好，若不是这么多的白粥打底，也尝不出其他的滋味。舌头和胃都是娇客，稍有怠慢就给你脸色看。后面的日子还有大半，足以慢慢吃出甘甜。

烧粥吧，腊八的粥要极其丰富。赤豆、芸豆、花生豆、红枣、桂圆和薏米，再抓把莲子，放上米，凑满八样。冬天的粥，要这种红色的底料才好，深深浅浅的，都带着甜味。绿豆类的就放在夏天吧，清冷的日子里，用不着去火消暑，白放着糟蹋了。

备料洗豆这该是腊月初七的事情，冷冷的夜窝在家里泡豆子，也算件雅事。大大小小的浸在水里，慢慢变软，水慢慢映出红色。这种乐子是戴钻石的太太不懂的。钻石多珍贵，这不能碰那不能搁，染了指甲油的十个手指得跷高高地，闲出花来也不好放下的。

腊八的清晨要起个早，把泡了一晚上的豆子和妩媚的水依次倒入锅内。煮吧，搅动吧，把一池的绯红熬得不分你我。最后干脆再潇洒地扔些红糖进去，让红来得更彻底。

捧一碗熬好的粥在手里，一勺勺吃，一样样地数着里面的料。红豆甜、红枣甜，桂圆肉更甜。对了，吃甜粥的时候，钻石最好还是摘下，否则手和碗之间，隔着个金属的箍，一点都不舒服，稍不留神，打翻一身，沾了羊绒没什么，可惜的倒是那碗绯红，腊八成了邋遢。

[**腊八粥**]

原料：赤豆、芸豆、花生、红枣、桂圆肉、薏米、莲子、米、红糖

做法：1. 除了桂圆肉，其他干果料都要泡上一夜；

2. 赤豆、芸豆、花生、薏米和米先下锅加水煮；

3. 等米开花后再加入洗净的莲子、红枣；

4. 最后加入桂圆肉、红糖；

5. 煮的时候，大火煮开后就开小火焖，其间注意顺一个方向搅动，防止粘底，等各种配料都酥烂了粥即好。

腊月二十三，年该忙起来

过年是个系统工程，所谓的年味也并不仅仅在那顿年夜饭里。从腊月二十三，甚至是更早开始，就该进入忙年的状态了。还记得哦，老底子我们就是这样的。从"二十三，糖瓜粘"开始，就该动手忙起来。为自己，更为家人，过一个有年味的年。

二十三，糖瓜粘，甜甜蜜蜜过小年

腊月二十三，是传统的小年。当然，对于这小年的说法，各地是有差异的，比如在上海，小年是指腊月二十九，所以除夕前一晚，就叫做"小年夜"。蝴蝶家原先这个晚上妈妈会做点自家喜欢的菜肴，三个人庆祝。大年夜才去长辈家里和大家伙儿团圆。至于江淮人家，把年初五称为"小年"，要破五，和除夕一样得热热闹闹地过。

所谓"二十三，糖瓜粘"，这天老底子是祭灶神的日子。因为腊月二十四，灶王爷要回天界做年终总结了。各家厨娘这天都得孝敬好，使劲地给他老人家抹糖，就为给说两句好话。看来贿赂这事在哪都少不了。好在吃了糖的灶王还是有良心的，除了说好话外，还能保明年的平安。为了一家的富足安康，今天这糖真是不能少。小年，必须甜！

如今，哪怕在乡下，也很少看到烧柴的灶台了。家家户户都使上煤气灶了，那灶神也大多没地方摆了。年俗也渐行渐远。

灶王爷不拜了，那就煮点糖水吧。煮锅姜汁薏米银杏莲子糖水，

热了灶头,暖了脾胃,多少也算个意思。盛出一碗来,放一粒在乌镇买的手工姜糖,看着它慢慢溶化。大家小年快乐!

[**姜汁薏米银杏莲子糖水**]

原料:生姜、蜜枣、薏米仁、莲子、银杏、黄冰糖、姜糖

做法:1. 生姜切丝,熬锅姜汁水;
   2. 半小时后捞出姜丝,再放入蜜枣、薏米仁;
   3. 半小时后再放入莲子、黄冰糖;
   4. 等莲子糯后,再放入银杏;
   5. 一刻钟后即可盛出;
   6. 放入姜糖,等其慢慢溶化。

二十四,掸屋扫尘,干干净净过新年

腊月二十四,是掸屋扫尘、做大扫除的日子。一年到头,把旧的清理出去,把灰尘扫掉,干干净净迎接新年。这一天,扫屋子,洗窗帘,整理物件。一来是清理环境,二来是把旧年的"霉运"全都扫掉。新的一年新的开始。

记得小时候,每到这个时候,妈妈就会给大家分配任务。爬高就低的那自然是爸爸,妈妈负责洗洗涮涮。

我就做点力所能及的事情，比如拆枕套、拆被子。那时的被子是要缝绣花被面的。平日里用些简单的，过年了妈妈才舍得把上好的苏州软缎拿出来，上面绣着紧密的花。我就搬个小凳子，坐着拆线，一根根抽出来，太阳晒在背后暖洋洋的。被子拆出来的时候，妈妈举起来敲一敲，扬起一片灰尘，像一群飞舞的精灵。在过年的节奏里，一切都变得有趣起来。

晚上妈妈坐在灯下缝被子，我跟在后面团团转。晒过的新被子软软的，有股太阳的味道。这个晚上总是睡得很香。如今早已不再用绣花被面了，连同国民床单一起都被收进故纸堆里。但打扫的习俗我们还是可以遵守的。把圣诞、元旦的那些装饰都收拾起来，别让圣诞老人站错岗。端走一品红，插上蜡梅花，让家里的年味逐渐浓起来。大家一起辞旧迎新，过一个清爽的年。

二十五，磨豆腐，手做欢乐多

腊月二十五，家家户户磨豆腐。对于中国人来说，豆腐是最熟悉最欢喜的分子料理，那做法不知道甩米其林几条马路，能一直甩到香榭丽舍大道上。

当然，这习俗早已看不到了。还记得春晚强盛期上那个小品哦？《英雄母亲的一天》，赵大妈兜兜转转就为了出门买豆腐，差点就被那导演给耽误了。从那时候起，祖国人民就吃上外卖豆腐了，自家里磨豆腐这事，那就是传说。

在蝴蝶还是小囡囡的时候，也没有自家磨豆腐。石磨倒是有一个的，但那个是用来磨水磨粉的。春节里要吃汤圆，那时候都是自家做。糯米粉浸好，外婆一勺勺慢慢地放进石磨里，舅舅在那儿推磨，那时候的男人真的有把力气。至于我，就跟个小毛驴一样，围着石磨直打转，开心得不得了。时不时申请要帮忙，加点水加点糯米什

么的。看着雪白雪白的米浆流下来，觉得十分神奇。它是怎么办到的！过年前的晚上，外婆允许我稍微晚睡一会儿，通常没多久也就瞌睡起来。第二天醒来，玉石一样的圆子排在砧板上，这就是年的味道。

二十六，烧年肉，年味飘香

腊月二十六了，随着年一天天地临近，厨娘和灶台要真的忙起来了。要是什么都等着除夕再弄，那这年夜饭也真要忙死人的。所以说每天做一点，分散任务才科学。

这一天在农村是"磨刀霍霍向猪羊"的日子。养了一年的猪，这天宰了好过节，大人孩子也能好好地打牙祭，把肉吃个够。这点，是今天的孩子不能体会的，当物质极大丰富的时候，样样东西不新奇，别说猪肉，就算是龙虾鲍鱼，对很多人来说也不过如此。

但随着科学养猪的普及，我们又开始怀念儿时的味道。觉得那时候的肉才香，菜才美，如今是猪没猪味，菜没菜味，什么都不对。于是大家开始削尖了脑袋去找食材，有机的，散养的，黑毛的，就差在下猪仔的时候就预订，再往后估计连母猪都得挑。嫁女儿看亲家，吃猪肉看源头，真心没法弄了。蝴蝶相信食材的重要性，但蝴蝶更愿意顺其自然。别累了自己，累了别人，看着碗里的肉，想到辛劳八百里，哪还吃得下。所以这天我们照样可以烧肉。走油肉、红烧肉、笋烧肉都来赛（沪语，意为"可以"）。而这红红火火的樱桃肉似乎成了蝴蝶的招牌菜了。

二十七，杀年鸡，欢欢喜喜去赶集

腊月二十七，是原先赶集的日子。在商业还不发达的时候，春节前的集市能解决大家很多问题。糖果、年画、烟酒，都要在这个时候搞定，还有小媳妇的胭脂红花，大小子的鞭炮和糖葫芦。于是这厢里杀鸡宰鸭备年货，那边厢热热闹闹赶大集，年的脚步越来越近。

现在，别说赶集，连门都不用迈就能搞定所有年货，电商那应有尽有，但就是没有热闹。过年就过个热闹，人挤人、包摞包的才好。店铺里到处张灯结彩，放着喜庆的音乐，一年到头怎么也该去感受一下。

二十八，把面发，做好糕团迎新年

腊月二十八，北方该做馒头了。或是有巧手妈妈、奶奶们做出各种花馍馍，什么荷花、金鱼、小兔子、小刺猬。只要给她们一点面粉，她们就能给你一个锦绣家园。这就是智慧！

当然，江南一带是不太做馒头的，肉馒头也不在春节的时候做。我们这时候做糕团，江南种稻出米，所以盛产各种大米、糯米做成的点心。所谓一方水土养一方人，食物也一样道理。你让南方人烙饼卷大葱，那是不来赛的。

家里两个舅妈都是本地人，一个擅长做松糕，一个会做菜肉团子。

做松糕的是大舅妈,这个时候一定回娘家,连夜做出一打松糕来。有年我跟着去,看到那种烧柴火的炉灶热翻天,全家人都在忙活。她家的阿婆说,做松糕旁边是不能离人的,人一走糕不熟。然后我就搬个凳子一直站在那,等到开锅盖。那个比我脑袋大无数圈的木锅盖一打开,热蒸汽迷得我眼睛也睁不开。雾气散后,雪白的松糕出落在我面前,那次我发现米真的是甜的。

再后面,就是腊月二十九了,也就是上海人说的小年夜。序曲拉开,年正式开始。

春节（农历腊月二十三至正月十五）

风雅过年

　　春节是一个庞大的系统工程。吃了腊八粥，便把年来忙，这老话绝对就是真理。它集合了多少代人的经验和智慧，尤其是到了腊月二十三，糖瓜粘，祭完灶王爷后，那每一天都是有讲究的。二十四，掸屋扫尘；二十五，磨豆腐；二十六就该煮大肉了，就这么忙忙叨叨的一直到年三十。当然，老皇历遇到新情况，多少也得与时俱进，烧柴火的大灶头早已在城市里销声匿迹，取而代之的是煤气灶，甚至是电磁炉。有心贿赂灶王爷，也没地儿抹麦芽糖了。这些习俗，也就慢慢成为传说，留在故纸堆里了。

　　不能按着老习俗按部就班，但我们还是得为过年而努力。记得老底子上海弄堂里，进了腊月后逐日多起来的咸肉、鳗鲞，挂在竹竿上，一串串迎风招展，那股子咸腥味就告诉你，年要到了。南京路上一字排开的南货店里天天人头攒动，邵万生的火腿、泰康的糖果、

三阳的开洋干贝，办年货那就是个体力活，要在一众主妇堆里挤进挤出，三九天里也能弄得大汗淋淋。在漫长的年货筹备过程中，我最喜欢的就是磨水磨粉。浸发好的糯米一勺勺放进石磨里，慢慢地碾成白色的乳浆流下来。我总是自告奋勇地申请添米的活计，时不时地还能偷偷推上几下磨，但小孩子的耐心总是有限，玩上一会儿也就丢开手，直接期待着吃黑洋酥汤团了。如今科技昌明，网购遍天下，天南海北的年货也只要下个单，就好等着快递送上门了。叮咚作响的门铃声，最能让人欢呼雀跃。黑龙江的木耳、湖南的腊肉、青岛的对虾干，它们就这么一波波地向你袭来，逐渐塞满厨房，就等着年三十晚上华丽登场。

除了吃，过年还有很多风雅的事情要做。门上的春联、窗上的窗花，这就是一个才艺大比拼的时候。平日里再低调，这时候也该铆足了劲好好写上一回。这一挂挂一年的吉庆是马虎不得了。据说想当年王羲之的春联贴一对出去，别人偷一对，一而再，再而三，书圣也火了，于是脑洞大开，写了副"福无双至，祸不单行"，这下终于安定了。第二天，"王童鞋"起早，大笔一挥添上几字，"福无双至今日至，祸不单行昨夜行"，一下子化腐朽为神奇，成为千古佳话。

当然我们再怎么发奋图强，也赶不上书圣的一成功力，但"总把新桃换旧符"的习俗还是可以效仿的。贴张倒的"福"字、抱着大鲤鱼的胖娃娃，不管是中国结，还是杨柳青，中式的符号此时不用，更待何时。案头的水仙，客厅里的银柳，还有茶几上的八宝食盒，小朋友身上里外三新的衣服，春节的时候，多矫情都不过分，要的就是那份喜庆。仪式感的东西最能让人体会到年味。

生活要用心，它才能够美好。在"年味"渐远的时候，我们更应该努力，好好过年。为了自己，更为了我们的孩子，当她大的时候，不用再去翻书找"年味"。

和汤圆一样，再认真地团圆一次

正月十五，元宵节。这天除了吃汤圆，有太多的精彩，对它的重视程度一点都不逊色于春节。

一聚。这是年的最后一天，家人照例还是要聚在一起的，吃上一顿团圆饭才算收尾。这顿饭后，大家真的该干什么就干什么了。别说现在的小家庭，就算是原先的大家族，后面也好自己开小灶了。看看大观园里各个主子都有自己的喜好，但年里还是去吃圆台面的。

二玩。聚在一起除了吃喝外，还可以玩。比如拉兔子灯，比如猜灯谜，比如去逛灯会。总之有很多事情可以做，如今大家是分开看手机，聚在一起还是看手机。放下吧，趁着最后的节日再和大家聊聊天。突然想到小时候家里有很多酒令可行，比如划拳，比如杠子老虎鸡，其实有太多东西可以玩。最欢喜的是兔子灯，拉着它去赏月，弄堂里满是孩子的笑声。

古人还把元宵节叫做上元节，大姑娘小媳妇的也能出去看个花灯，那句"月上柳梢头，人约黄昏后"，就说的是这个日子。如果有对上眼的小伙，那就是中头彩了。那时候没"非诚勿扰"，也没百合网，相个亲不容易，所以有人又把这天归为情人节。其实清明、七夕，只要是女孩子可以正大光明溜达出去的日子，都算情人节。

三吃。万变不离其宗，吃是永远的主题。年夜饭上漏掉的美食可以吃，最被点赞的美食可以吃。煎年糕，炸春卷，带年味的都好吃。然后元宵是一定一定要吃的，大的，小的，甜的咸的都可以。别诧异，

鲜肉汤圆上海人也吃的,而且也好吃的。有鲜肉粽子、鲜肉月饼,为嘛就不能有鲜肉汤圆呢。大千世界,海纳百川,饭桌上最该求同存异。

最后,大家就聋子点爆竹——散了吧。年可真的过完了!

最后的最后,再和大家说声:"新春快乐!吉祥如意!"

[黑糖姜汁汤圆]

原料:白糯米小圆子、血糯米小圆子、生姜、黑糖

做法:1. 生姜一半切丝,一半压汁;

2. 煮姜丝,滚后捞出,放入黑糖继续熬;

3. 另起锅煮汤圆,白糯米、血糯米各半,滚水下去,浮起即可;

4. 捞出加入黑糖汁,再淋入姜汁即可。

立春（公历 2 月 3~5 日之间）

咬春乃发生

2月4日，是日立春。

农历年的第一个节气到了。春，是日而立，从这天起，就该做好和冬天挥手告别的准备。不管寒冷是不是依旧谄媚，春天是真的要来了。

按时而吃，按季而食，是中国人最朴素的生活哲学。在没有塑料大棚的年代，地里的作物就是这么自然生长的，想吃黄瓜就得等到黄瓜成熟的季节，想吃春笋，那必须等到春回大地，竹子发芽。除非你是武则天，一夜催得牡丹开，但人家也是为了饱饱眼福，至于吃这样事情，还是与民同乐，很守规矩的。

在立春这天，我们有"咬春"的习惯。中国人万事都要在饭桌上解决，隆重的，悲伤的，这节令当头，大家一起排排坐，吃点喝点，说说老皇历，那是多少和谐的场面。小孩子长知识，大人饱口福，通通在这"咬春"宴上进行着。

咬春有南北之分，北方人民吃春饼，一张面饼烙好后，卷着各种菜吃。菜码有萝卜、韭菜、芹菜、豆芽，各种暗含"发"寓意的什锦菜炒在一起，当然也有重口味的，还要在里面卷上几块酱肘子肉，吃着更美。

南方人民不擅长烙饼，咬春的时候就端上一盘春卷代替。这炸得两面金黄、酥脆鲜香的春卷，比起春饼来显得更加富裕。

建议大家好好地炒一盘什锦菜，然后一半包春卷，一半包春饼，

在这种南北大融合、祖国一家亲的席面上,一定能得满堂彩。

至于那些芹菜叶子,千万别扔了。找个玉壶春配点花呀朵呀,插起来。绿的叶子,浅色的花,清淡的样子也很春天。

立春,新年伊始,从今天起,让我们好好过日子。

[什锦春卷]

原料:黑木耳、胡萝卜、冬笋、猪肉、春卷皮

做法:1. 黑木耳泡发好,洗净,和胡萝卜、冬笋、猪肉一起切丝;

2. 将切好的配料油锅里煸炒,加盐调味;

3. 将炒好的馅料包入春卷皮,油锅里炸至两面金黄即可。

情人节（公历2月14日）

一"杯"幸福

2月天早春寒冷，情人节玫瑰和红酒之后，夜里煮点红枣桂圆茶，你一杯，他一杯，暖暖的，握在手里，这就是幸福。

朋友结婚，挑了一对手工陶杯和着红包一起送上。一直觉得光送礼金有些太敷衍，但不送礼金又觉得不合适，所以向来是按尺寸老老实实地包了红包，再挑上一份礼物。反正礼多人不怪嘛。

蜜月后，朋友回信给我说："谢谢礼物和祝福，一定会'一辈子'幸福。"被他这么一说，这礼物变得更有情谊起来。我很喜欢买家居用品送朋友，一来是和自己的工作有些关系，另外也确实觉得锅碗瓢勺的最适用。结婚过日子了，这些都是少不了的，每每用到，还能念叨起我这个朋友，多好。

红包，算是最有中国特色的礼物，人情冷暖有时候就在这尺度上。而且百无禁忌，生老病死，任何场合都适用。连人世间最可怕的怪兽"年"也是怕红包的，所以除夕夜要把压岁钱放在小孩子的枕头下面，才算妥当。

在国外串个门参加生日、圣诞派对什么的，似乎没这么复杂，也就是拎瓶酒、举束鲜花什么的。最隆重的婚礼又走了另外一个套路。新郎新娘会在婚礼前一个月，理一个清单，把需要的家电、床品、餐具等等都写清楚，并标明价格和购买地址，然后给至爱亲朋们一一发邮件。大家按各自条件认购，到时候商店的礼品部会保质保量地把礼物连同贺卡送到新人家里。婚礼当天，大家就把自己打扮得美

美的去 happy，而新人们送走了客人，立马能在家开火煮饭，日子就红火地过起来。

所以国外家居品牌很热衷找设计师出些婚庆系列，俘获新人的心，连同亲友的荷包。老牌的英国瓷器品牌 Wedgwood，找了婚纱设计师 Vera Wang 做了一整套婚礼系列，上面各种婚庆符号。一对水晶香槟杯上坠着蝴蝶结，想想婚礼上用它来喝交杯酒，那是何等的浪漫。

和酒杯相比，平日里茶杯使用几率更高，也更容易被用来表情达意。丹麦的设计品牌 PO，有大堆有趣的杯子，一到情人节的时候就被选了登上时尚杂志，和巧克力红酒一起当成应景礼物。比如咖啡盘上会写着各种情意绵绵的字眼，然后把倒影反射到金属杯子上，你一低头就能看到那份爱意。用来演绎现代版的"举案齐眉"绝对合适。这种表白，比张艺谋的高音喇叭小资，也比举着 999 朵玫瑰有新意。学学人家妙玉是怎么谈恋爱的，把个自家常用的绿玉斗斟满茶，端给贾宝玉。和她比起来，《围城》里鲍小姐和方鸿渐借着点烟接吻的方式，实在太粗野。

当然，最后不管是婉约的妙玉还是直白的蜜丝鲍，都没修成正果。感情这事情，有时间平平淡淡了才是真。一日三餐，粗茶淡饭的日子过得才安稳长久。中国人毕竟是含蓄的，没有习惯把情呀爱呀天天挂在嘴上说出来，所有的感情也都在洗手做汤羹里体现出来。而喝茶的频率远远要比吃饭的频率高得多，所以选对好的杯子是多么的重要。形式和内容在今天必须高度统一。若还停留在办公室恋情的阶段，这情侣杯的杀伤力一定也比情侣衫强一百倍。此杯一出，谁与争锋，他就是你的了。

清甜糯米浆

雨水，是立春后的第一个节气。春姑娘是很矫情的，徐志摩就说过"春信不来，春信不来"。春雨来了，而且还很大方。这个城时常落得来汤汤滴，从外潮到里，弄得情绪都好拧出水来。上海这倒春寒，真真难将息，阴冷潮湿，要是林妹妹住在这，天天哭死，侬讲这贾兄可怎么活。

春雨里，柳树照绿，梅花照开，生命力是挡也挡不住。明天是七九第六天，七九八九，河边看杨柳呀，再后面就是"九九加一九，犁牛遍地走"了。

但这是自然界，我们人类这时候，刚过完春节、元宵节、情人节，各种收拾不起来。再加上冷风冷雨，浑身不舒服。食补是必须的。经过一个假期的大鱼大肉，日夜颠倒，胃不能再受刺激。老中医告诉我们得养，滋补、清淡、顺势而行啊。一杯体热体寒皆宜的饮品——清甜糯米浆最合时宜。

小时候家里烧饭，不用电饭煲，饭一滚姆妈就会撇出米凝汤给我喝，甜甜的黏黏的，喝完嘴巴搭在一起。这是小孩子的特供，至于剩下的饭，那味道就可想而知了。

这糯米浆就能复刻出小时候的味道。一把浸泡好的糯米往 DJ 机里一扔，然后任它咯吱乱响二十分钟后就好了。它一样清香，一样黏嗒嗒，一样暖暖的。早一杯晚一杯，幸福一家人。

注解一下，所谓 DJ 机，就是我朝的高档发明——豆浆机。价廉

物美，简单好用，蝴蝶后面还会开发出很多新产品。这绝对不是广告，当然如果有品牌想植入，只要是省优部优国优的，都欢迎。

雨水天，喝米浆等春天，明日请早。

[清甜糯米浆]
原料：糯米、绵白糖、水
做法：1. 糯米浸泡两小时；
　　　2. 加水，加一勺绵白糖，扔进 DJ 机里；
　　　3. 按米浆程序，二十分钟后即可。

惊蛰日的文艺水萝卜

按传说,惊蛰这天应该打雷、下雨,然后睡在地底下的小虫子听到后复苏过来,然后树发芽了,花冒出花苞,一点点地绽放——当然这是纪录片里的慢镜头画面。

小时候,电影开场前的十分钟科教片经常有这种画面,说段美好的春天什么的。配音多为柔和温暖的女声,赵老师那种适合冬天,在浩瀚的北冰洋……

总之,惊蛰后,春天就真的来了。其实都真的好几次了,但上海人民还裹着棉袄,穿戴和腊月没任何差异。

既然春天来了,那就来点春色宜人的小菜,让惊蛰来得文艺一些。水萝卜,萝卜界的文艺小清新,比白萝卜小,比红萝卜美,还比心里美嫩。清秀可人,在一堆绿叶菜里脱颖而出。

让我们想象一下文艺的场景：一个春雨润如酥的清晨，一个长发如海藻一样的女子，穿着棉长裙拎着竹篮出门。路上她看见草地上泛着嫩绿，空气里弥漫着年轻的味道。在市场里随意地挑了些菜，多是绿色，而那些水萝卜娇嫩得如她脸上的笑容，这是她的午餐，或是晚餐，也许两个人的晚餐……

打住！其实日子不是这样的，菜场里鱼游虾跳，当然现在鸡不叫了，禽流感一来全是冰鲜了。水萝卜和一篮子的琐碎一起被拎回来，惊蛰日和其他所有的日子一样，从买汏烧开始。

最喜欢水萝卜凉拌，酸甜的，而且得现拌现吃。当然喜欢味道浓郁些的，也可以放过夜，第二天早上起来配粥。日本人叫得好听，叫一夜渍。看看，文艺其实是种情怀，说有就有。

[**凉拌水萝卜**]

原料：水萝卜、盐、糖、醋
做法：1. 将水萝卜洗净，去除两头，拍碎；
      2. 加盐、糖、醋，一拌即可。

二月二（农历二月初二）

慢悠悠吃下一条龙

俗话说："二月二，龙抬头，家家小孩剃光头。"正月里，老习俗是不能剃头发的，再长也得留着，出了正月再说。其实，也没什么，除夕前大家都把自己收拾干净了，一个月又是吃又是乐，也确实不用再操心"头势"问题。开了春，再拗造型也来得及。

剃了头，换了春装，那问题来了，吃什么？这么重要的日子，不吃点有意思的美味，怎么能说得过去呢。

二月二这天的吃食，可高级了，全和龙有关。据说很久很久以前，龙王私自下雨，被玉皇大帝打下凡尘，老百姓们为了拯救它，就搞了很多仪式来帮它求自由，获解放。大家化悲痛为力量，大吃特吃，并

把一切吃食都赋予龙的名义,如此一来,让玉皇满意,龙王也就重返天庭了。这么感人的故事,以及感人的美食,就这么一传十、十传百,成了众人皆知的秘密。

吃龙眼——馄饨

吃馄饨,叫吃龙眼,到底是形似还是神似,就不要追究了。二月天,荠菜上市,大家买点回来包馄饨,多么惬意的事情。

吃龙耳——饺子

俗话说"好吃不过饺子",冬至的时候,北方人就说"不吃饺子,会冻耳朵",这种以形补形的做法,绝对是民间智慧。

吃龙须——面条

细细的面条,就叫龙须面,一筷子下去,就叫挑龙须。吃着面条,期盼着开年万事顺意。

吃龙鳞——春饼

《燕京岁时记》就说:"是日食饼者,谓之龙鳞饼。"咬春时候的春饼,大家是不是还意犹未尽呢,那就再吃一次吧。

好了,总结一下:二月二,龙抬头,易聚餐,吃面食。吃完后,春回大地,樱花、梨花都开了,大家出去赏个花,抒个情,发个朋友圈,多么文艺,多么小清新。

[荠菜馄饨]

原料:荠菜 、青菜、 肉馅、鸡蛋、生姜汁、 馄饨皮

做法:1. 将青菜、荠菜洗净烫好,挤干水分,斩碎;

2. 在肉馅中加入鸡蛋和一点水,顺时针拌匀;

3. 再倒入斩好的青菜荠菜馅、生姜汁、盐,一起搅拌均匀;

4. 将陷包入馄饨皮,在沸水中煮熟,捞出倒入事先调好的汤中即可。

妇女节（公历 3 月 8 日）

美好其实只要五分钟

妇女节，普天同庆，闺蜜们纷纷约着要在一起庆祝。

这年头，问十个人，九个半回答你"忙"。忙赚银子，忙相夫教子，忙调教阿姨。女人结了婚，突然一下就变得能干起来，十八般武艺样样拿得起放得下。上到国际金价，下到市场菜价，每个数字都像序列码一样，扫进脑子里，而且会适时更新，厉害么？

女人还是天生的交际高手，公司里周旋于老板、客户、同事之间，时而优雅，时而知性，角色转换几乎是无缝对接。休息日在家更是了不起，什么物业阿叔、快递小哥、邻居奶奶，哪个打点不清楚，都得让你头大无比。就这样，女人忙碌着，抽出点空还得添新衣、做头发，唯一能坚持的也就是早晚那些美容步骤了，对着瓶瓶罐罐，把最后一点耐心全用在了脸上。

但这一天女人一定要想着对自己好一点，一份下午茶是给自己最好的安慰。

"那，有空喝茶么？"亲爱的，别尖叫，没让你一定要像 18 世纪的英国贝尔福德公爵夫人那样，顿顿都如此隆重地来份下午茶。据说，这位穿着蕾丝裙，养尊处优的公爵夫人安娜·拉塞尔，每到下午四五点都会有点闷闷不乐，腹中微饿但还没到晚餐时分，于是她叫佣人准备茶点垫垫饥。公爵家的厨子，一定手艺不错，夫人慢慢呼朋唤友喝茶聊天。那时虽说没微博，但夫人的影响力还是很强劲的，这下午茶一时成了贵族圈的社交时尚。

这顿茶点本就是解闷、消闲用的。只要能让自己的心情放松，不管是马卡龙，还是两块小饼干，都是好的。对，就是饼干，家里有包最普通的苏打饼，就能让自己有份可心的下午茶。当然，如果你毫无创意地嚼上两口，可能味道差点，如果正好家里又有草莓，那就完美了。这个季节，草莓正好，鲜红娇艳，散发着甜丝丝的香气，十分招人。它是甜品的绝对主角，草莓蛋糕、草莓冰激凌，只要有它，再浓烈粗犷的味道都能变得妩媚动人。另一样妖娆妩媚的，要数酸奶，尤其是那种厚稠的老酸奶，它有牛奶的质感，又有芝士的味道，一口下去绝对销魂。抓两片薄荷叶，切碎拌在这带着童年味道的酸奶里，放在饼干上，再放上切好的草莓粒，最后淋上一点蜂蜜，配上一片薄荷叶，一道好看又好吃的甜品就大功告成了。看看时间，其实只有五分钟，你的下午茶一点也不比餐厅的差。就五分钟，也就是你打个电话、翻翻网页的时间，就能完成一份茶点。接下来，泡杯茶的时间，总是有的吧。于是，面对这有茶、有甜品的餐盘，你还要说"忙"么？春光无限好，亲爱的，慢慢享用。

[**草莓酸奶饼**]

原料：草莓、老酸奶、苏打饼干、新鲜薄荷叶、蜂蜜

做法：1. 草莓洗净切粒；

　　　2. 新鲜薄荷叶切碎，拌进老酸奶里；

　　　3. 将拌好的酸奶放在饼干上，再放上草莓粒；

　　　4. 最后淋一点蜂蜜，配一片薄荷叶做装饰。

想好了爱上香椿么？

一年中就两天是白天和夜晚一样长的，一天是春分，另一天是秋分，前后差上半年。都是一年中的好日子，春花秋月何时了，往事知多少。

这么好的日子里，花开了，柳绿了，棉衣终于好脱下了。这说的是一般规律，万一遇到倒春寒，还得重新穿回去，具体情况请参考天气预报。这个季节温度适宜，可做很多事情，比如谈场恋爱；比如出去春游，旅游途中爱上个才子或佳人；再比如靠在窗边，吟段诗想个旧人什么的。古代小姐轻易不能出门，也就只能"凭栏靠"，想想小心事，所以这围廊处的条椅就叫美人靠。雅哦？

但人生中有太多事情要去做，爱情只是一段华彩，一时错过就得先放下。厨娘建议，春光无限好，不如去菜场。菜场里活色生鲜，买的卖的都奔着日子去，眼里全是爱。春天的江南菜场里有各种芽苗，比如枸杞头、马兰头、香椿头。而这其中最可贵的就数香椿了。

香椿头是香椿的嫩芽，绿中带着点褐色，小小的一把扎起来，像花束一样。摊主大多是顺带卖卖，欢喜的人一眼就能看出来，本来量也不多，所以根本不用吆喝，买到的都是缘分。看看，本来是想讲吃食的，一晃又晃到感情上，这就叫"洒向人间全是爱"。

人世间的伟大，就伟大在哲学上。不偏不倚，万物平衡，有香椿就有臭椿，又能很容易辨别出来。什么看叶子、数单偶都不用，最简单的就是闻味道。香椿的味道浓郁，直至人心，让人终生难忘，这点

是臭椿根本无法比拟的。

其实如果不是去郊外自助寻野味，菜场里买到臭椿的机会几乎为零。为什么？因为摊主天天在，谁也不想被扔臭鸡蛋。

香椿买回来，一把细盐先腌渍起来，然后你再细想怎么去爱。你可以切碎了炒鸡蛋、拌豆腐，也可以整根面拖，像极了日本的天妇罗。但不管何种方式，它的香气始终保持得十分独立，所以和它在一起的时候，它就是绝对的主角。就像和气场强大的男人谈恋爱一样，你想好了一辈子就做配角吗？

是的，如果爱来了，真的也不用考虑太多。有时候该发生的它总会发生。忘了说一句，春分日民间有竖鸡蛋的习俗，说是这天鸡蛋十分听话，很容易就竖起来。但这毕竟是传说，倒下的总是多数。如此一来，不如就和了香椿，小炒一盘。偶遇的总有惊喜。

[**香椿炒蛋**]

原料：香椿、盐、鸡蛋

做法：1. 香椿洗净，撒把盐腌渍好；

2. 切碎与草鸡蛋混合打匀；

3. 起油锅，倒入蛋液翻炒即可。

[**香椿与臭椿的辨别方法**]

1. 看色：香椿叶浅绿中带着点红褐色，而臭椿叶则颜色较深。
2. 数数：香椿叶片数目总是出双入对，叶的边缘有稀疏锯齿；而臭椿则形单影只。
3. 闻味：香椿味道浓郁，但总是香的；臭椿味道也浓郁，但像臭鸡蛋。

清明（公历 4 月 4~6 日之间）

闲啖小螺蛳

清明时节雨纷纷，路上行人欲断魂？不一定。其实除了扫墓、祭奠先人这些沉重的事情外，清明节还有很多轻松的事情可以做。比如说踏青，这个桃红柳绿的时节，大家去郊外走走，呼吸下 PM 指数不爆表的空气。老老底子，就是李白杜甫白居易那时候，清明时节女孩子们可以出来溜达溜达，逛个街，玩些文体活动。于是，秋千架上春衫薄，惹来小伙围观；再于是，那就是记在心里，回家提亲的节奏。所以，如果上元节能算中国情人节的话，那清明也能算，中国的情人，节真是多。

清明节，可以吃青团，一边带去扫墓，一边让自己也尝个鲜。扫墓堵车路远，都是体力活，不带点点心垫垫肚子，撑不到目的地就要犯低血糖了。

但悲伤总是短暂的，回来呢，不是还得继续遥指杏花村么？

在这难得一空的春日里，不如吃螺蛳。螺蛳是荤的，贝壳，有肉呀。但不能用来

下饭,是过酒的。黄酒一壶,螺蛳一碟,小酌怡情,极其惬意。

在我家,螺蛳不受我爸的待见,他说他小时候河里一捞一大把,砸碎了用来喂鸭子,据说鸭子吃了好生蛋。那是,毕竟是荤的呀,还补钙呢。所以他不要吃鸭子吃的东西。当然这是笑话,主要是觉得麻烦。吃螺蛳最好把筷子放下,三个手指头一捏,把个螺蛳捏牢,然后舔掉薄薄的盖子,一嘬一咬,肉就出来了。所以说吃螺蛳要在家里,花容月貌的姑娘,在外面左嘬右嘬,手指头再沾满汤汁,那像什么样子。

但就这样,吃螺蛳的技能还不是一日练成的。刚开始的时候,姆妈给我一个缝被子的针,让我挑来吃,后来才慢慢地摆脱工具,轻松上阵。再到厨娘亲自上阵炒螺蛳,青春呀慢慢流逝,似水年华呀一个一个清明过。

上海人有句话叫"螺蛳壳里做道场",说的就是上海人能在很小的地方做大场面。老底子上海人的房子是出了名的小,但那又怎样,家家人家还不是穿得山青水绿,日子过得有滋有味,大江南北的时尚都从海上来。

小事情最见真功夫,就像螺蛳是小,但要炒得好吃也不容易,要咸要鲜要入味,那用的就是心。至于说为什么螺蛳清明的好吃?因为清明一过,天气转暖,螺蛳壳里一包子,记起来了哦?

[炒螺蛳]

原料:螺蛳、葱、姜、辣椒、黄酒、老抽、生抽

做法:1. 螺蛳清水里养上半日;

2. 起油锅,爆香葱姜,然后放螺蛳下去煸炒;

3. 放黄酒、老抽、一点辣椒、稍微一点水,煨一分钟;

4. 起锅前加少许生抽调味即好。

春日雅集

三月初三，上巳节。这一天据说人们要去河边祭祀，顺便用草药水洗澡，认为可以免灾。在经历了一个冬天的沉寂后，大家好不容易等到春暖花开，结伴而行，外出做什么都跟赶集似的。最主要的是，少男少女们也出来了，那种四目相望、两心怦怦跳的画面，纯纯的感情从心底油然而生。

为了这难得的盛事，姑娘们纷纷盛装出行，华服穿起来，小脸抹起来，各个赛桃花。于是，这严肃的日子就变成了传说中的女儿节。其实衍生下去，也能做中国情人节。当然，爱情重在过程，花还是未开的美。

其实这天更重要的一个游戏是曲水流觞。春暖花开的时候,大家结伴而行,坐在水边,酒杯流到谁面前谁就喝一杯。至于说酒杯的卫生问题,这么风雅的时候,就先别质疑细节了。历史上最风雅的一次曲水流觞的主角就是王羲之和他的小伙伴们了。大家喝酒、吟诗,然后留下《兰亭集》,王羲之作的序更是千古绝唱。

如今文艺人士在慢慢地恢复雅集,春赏花,秋赏月,找个主题就可以聚一聚。喝茶、聊天,虽然没有古人那么正式,但雅意都在。

聚会时要有茶有花。花最好不用千篇一律的玫瑰百合,中国讲究应季而食,那花也要和着季节走。春天时节,海棠、樱花开得好,摘一枝下来插上,冬天的梅花还在那,配在一起,好似坐等季节的交替。

春天,就该聚一聚。

谷雨（公历 4 月 19~21 日之间）

做茶点，配新茶

谷雨，春天的最后一个节气。按照中国人的习俗，每到节气节日，都会想着吃点什么。不吃不算过节，不吃不算隆重。我们的人情冷暖都在饭菜里见。但谷雨例外，这天喝茶。

做茶点，配新茶，和春日的最后一个节气好好约会。

明前雨后，新茶上市，贵是贵了点，但咬咬牙称上二两回来，还不至于破产。新茶清淡，需配些新巧茶食。芝士蛋糕、马卡龙之类的洋果子不太合适，喝茉莉花什么的或许不错，龙井、碧螺春什么的，还是配点糯嗒嗒的果子嗲。

挽袖子做茶点吧，从古到今，上榜的文艺女青年都有好手艺。"红酥手，黄縢酒，满城春色宫墙柳"，这阕《钗头凤》，简直就是古代的《双面胶》。陆游愚是愚了点，但还是记得唐表妹的美好。开头就先惦记上了把酒言欢赏春色的场面，这"红酥手"有人说是唐姑娘的手肤色红润，十分性感。这，真得细细说说。红酥，其实就是古代的奶油甜品。只是现在我们是做奶油裱花，宋代的时候是点酥、滴酥，据说高手能做成珊瑚状，那是多么了不起的闺门技艺。《文会图》中那一盆盆的酥酪花，就是当时最高级最流行的摆台，拗造型这事真是代代有之。对了，话说这手艺《金瓶梅》里的李瓶儿也拿手，看看，女人之间的竞争很激烈的。春晚的时候，李宇春唱了小四写的《蜀绣》，里面那句"红酥手青丝万千根，姻缘多一分"，想当年对女同学的要求有多高，先是做甜点，后是绣牡丹，只是这奶酪弄得一手油，可怎么办呢？

好了,八卦到此,书归正传。春日里草莓正好,抹茶色美,和点糯米粉,一会就能做成美味甜点。大好时光,做点茶食,邀友品茗,才是春天里的正经事。

[草莓抹茶糯米卷]

原料:糯米粉110克,白糖50克,食用油10克,牛奶140克,抹茶粉3克,核桃仁90克,葡萄干90克,陈皮50克,草莓2粒

做法:1. 将核桃仁切碎,用小火炒五分钟,晾凉待用;

2. 陈皮切碎待用;

3. 将糯米粉、白糖、油、抹茶粉、牛奶调成厚面糊,再放入核桃仁、葡萄干、陈皮拌匀,放置二十分钟;

4. 蒸锅内水开后,高火隔水蒸十五分钟;

6. 晾凉后,切成长条,卷成玫瑰花卷形;

7. 放入蛋糕纸托中,再撒上草莓粒即可。

豌豆糯米饭

今日立夏,夏天的第一个节气。从今天起,与春日的各种婉约多情挥手告别,开始准备迎接热辣辣的夏天。当然,在江南,入夏的脚步总是会缠绵一些,和大明湖畔什么的有很大区别。在春和夏之间,还有梅雨季,那黏嗒嗒、湿漉漉的日子,很漫长。要想文艺的姑娘们,就这个时候来江南吧,让你一次爱个够。

传说古人在立夏这天是要称人的。更多的是称小囡,把小朋友放在一个大篮子里,大人抬着称称分量,一来是检验一下春天的喂养成果,然后到立秋了再称称,好预备下贴膘的大鱼大肉。解放前,上海龙华寺门口每到立夏就有称重的,附近的妈妈们纷纷把小囡带来称一称,顺便听一下大家的夸耀,"这小囡胖嘟嘟,赞的"。不管什么时候,小朋友总是以胖为美。胖,代表着富裕、健康、快乐,于是一代又一代的小朋友就这么鼓着个红苹果脸,被大人们点赞。至于后面的故事,那自然是几家欢喜几家忧了。

称了娃,妈妈们好回家做饭了。

立夏吃什么?这是个永恒的问题。这个时候,各种豆子蜂拥上市。在这时节的江南,蚕豆关于本地豆和客豆的争执已然进入了白热化的交战状态。吃客们努力捍卫着本地豆的嫩、本地豆的萌,且吃且珍惜呀,稍不留神它们就下市变老蚕豆了。另一种正当季的是豌豆,小小的玲珑得很,碧绿青翠。市场上前些日子卖的大多是海南豌豆,豆皮硬些,不如这本地的豆子清香。这种不冷不热的日子剥点豌豆,切点腊肠,

蒸上一锅糯米饭,实在太应景了。

豌豆得现剥才新鲜,腊肠要仔细地去掉肠衣,糯米淘净泡半小时,然后把三样拌好,加点盐,挖一勺猪油,比平日烧饭的水稍多一点,就好焖煮了。然后这个立夏的上午,自然是清香四溢。一小时后饭煮得,捧着它,色味俱佳,将夏天的滋味一点点吃进胃里,真是享受!

至于说为什么立夏要吃这个,应季而食,这就是江南。对了,《舌尖上的中国2》里不是放了么,"时令"。侬要再问,吃了补什么?亲,这是饮食,不是中药铺,要补去找老中医。

[豌豆腊肠糯米饭]

原料:豌豆、腊肠、糯米、盐、猪油

做法:1. 豌豆剥出,腊肠去肠衣切丁;

2. 糯米淘净泡半小时;

3. 把三样拌好,加盐、猪油、水,焖煮一小时即可。

母亲节（公历 5 月的第二个星期日）

"自私"的礼物

在做妈之前，我一直鼓吹送一口美锅，哪怕是个高级电饭煲，给母亲大人是多么的合适。比如有年去日本，就亲眼看到一个单亲妈妈，节日前夕用信用卡的积分给自己换了一个 LC 的铸铁锅，当然自己还是贴了不少钱。据说那是她梦寐以求的礼物，之后，丝毫不用怀疑，她就死心塌地地做了彩锅粉，生日的时候又给自己买了口，樱花粉的限定款，这次是全部掏腰包。多么励志，多么感人。

可当我生了娃、做了妈后，觉得这种送厨具的心思多少都有着点不怀好意。明显属于转着弯让老妈扎根厨房，并且还得不断进取精益求精。在好滋味的基础上，更增加点美色，根本目的就是提高自己的生活品质，当然顺便也恩泽一下老爸。

当然我一点都不反对对锅的迷恋，而且不断用经验告诉闺蜜好锅的重要性。三层底的 WMF 的不锈钢汤锅，熬罗宋汤是多么的好用，明火慢炖，受热均匀，能把各种食材的滋味完美地发挥出来，它绝对不是超市里卖的那种国产货能比的，轻飘飘薄悠悠，一烧黑一圈。还有前段时间风靡厨娘圈的塔基锅，浑身布满彩绘，高高的帽子能锁住蒸汽，不加一滴水就能烧出很好吃的西班牙风情海鲜来。所说原理和云南的汽锅鸡相似，但那种气势和洋气的派头，是不可比拟的。

对于锅，我能讲上三天三夜，买上三天三夜，但，那又怎样！送这给我当母亲节礼物，我还是会生气的。十月怀胎，辛苦生产，一辈子操心才能换上"母亲"这头衔，一年也就过一次节，怎么的也得收到一些贴心的、美丽的、只属于自己的礼物。寻遍家中角角落落，发现唯有茶杯是符合要求的。而且不是那种有托盘描金边的英式红茶杯，也不是一小口一小口品的中式茶盅，那些都是群居物种，得人多开席拗造型的时候用。家中最能私人拥有的茶杯是那种喝点饮料、喝点白水的马克杯。白天放厨房，晚间放在床头，各用各的，不会弄混。一个好的马克杯应该是这样的：造型优美，大小合适，手柄处线条流畅，握起来手感舒适，不会卡住任何一个手指头。至于内在，瓷要密实，哪怕头天晚上忘记洗，污渍也不会沁到里面，洗也洗不掉。地摊上几十块钱的杯子是无法满足这些要求的，所以它值得花些银子去买。如果再细追，据说劣质的瓷还会危害身体，加上健康因素，它就更符合礼物的标准了。送一个高颜值的杯子给妈咪，只给她一个人用，打麻将的时候放在一旁，配上你旧年送的手表、翡翠戒指，以及一双兰花指，时髦妈咪的形象一定出挑于众姐妹。成败在细节，这点放置四海而皆准。写到这里，看看电脑边的杯子，Victoria & Albert 博物馆里的纪念款，貌似已经容颜衰败。决定了，这个母亲节，送自己一个好杯子，以示庆祝。

薄荷微苦刚刚好

今日小满。到了这时候,夏日进入正轨,天气是一天比一天热起来。小麦灌浆,只等着多收三五斗,欢庆丰收了。

按习俗,小满日要吃苦菜。说是有清凉解暑、利肝明目的作用,反正这年头,样样吃食都得和老中医扯上点关联,否则都不好意思出来混。其实,老底子吃这东西,是叫没办法,这个季节,正是蔬菜青黄不接的时候,田地里苦菜倒是长得欢,漫山遍野的都是,所以勤劳质朴的人们就地取材,采回去尝了尝,味道尚能接受,再加上调味料的作用,倒也有些风味。要知道,在烹饪的历史上,善于用盐,是历史性的进步,它让人类的文明进程向前大大迈进了。五味调合,更是让植物,从草升级为菜,更从菜晋升为美食。

苦菜,据说在《周书》里就有记载:小满之日苦菜秀。《诗经》里《采苓》唱道:"采苦采苦,首阳之下。人之为言,苟亦无与。"先人们借着采苦菜的场景,告诫大家千万别去相信那些谣言。想想也是,边干活边八卦,

这是多么熟悉的场面,多少是非就在这发生。看来在这点上,古今区别不大,也许历史也就因此得以流传。谁知道呢。

如今苦菜是难得一见了,我唯一有点印象的,也就是小时候看过的革命小说《苦菜花》了,还有同名电影里那首比苦还苦的主题歌,一听立马回到解放前。其实吃苦,是一种概念。小满日,暑气渐升,吃些微苦清凉的食物,有助于祛火,调理脾胃。大鱼大肉的重口味可以暂时惜别下,苦,能让我们的味蕾慢慢地恢复过来,找到食物的本味。

苦瓜、枸杞头、芦笋,这些都有些淡淡的苦,夏天吃吃蛮好的。还有,就是薄荷。那种带点清香的叶子,绿绿的,就是属于夏天的味道。喜欢种点在阳台上,随时可以摘了泡茶,做甜品。本以为很好伺候的东西,没想到总也种不长久,顶多一个月就香消玉殒了,叶子越长越小,越变越黄,最后只留些枯干在那儿。

可因为喜欢,就一直买一直换,蝴蝶就是这么执著!这个夏天,又买了一些,各种查找询问后,终于找到正确的种植方法。薄荷,喜阴凉,多浇水,要保湿。于是,将它从外面乔迁进来,两日浇一次水,每日喷洒一次,经过如此这般,它一直郁郁葱葱地生长着。我摘了泡茶,拌水果,它继续发芽长叶,恣意得很。

可见活到老学到老,生活中样样是学问。人生如水,满则溢。细水长流,小满最相宜。

附上几道蝴蝶欢喜的薄荷吃法,祝大家小满安康。

[**金橘柠檬薄荷茶**]

原料:金橘、柠檬、薄荷、冰糖

做法:1. 少量柠檬、金橘榨汁;

2. 准备两片柠檬,三颗对切的金橘;

3. 一把新鲜薄荷叶、少许冰糖,加水,慢慢泡即可。

[薄荷香蕉]

原料：薄荷、香蕉、橄榄油、糖浆

做法：1. 采摘新鲜薄荷叶，洗净切碎拌上糖浆；

2. 香蕉切片，用橄榄油煎一下，两面金黄有焦糖出现的时候即可；

3. 然后用薄荷酱一拌，装盘。

[菠萝色拉]

原料：菠萝、薄荷、白砂糖、枫叶糖浆

做法：1. 菠萝切块，纯净水洗净；

2. 薄荷叶加白砂糖碾碎，再加点枫叶糖浆，拌入菠萝即可。

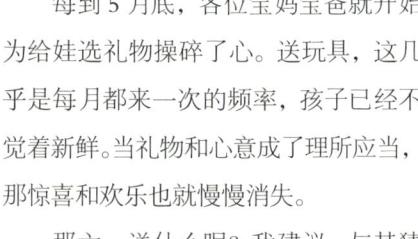

给予不如共享

每到 5 月底,各位宝妈宝爸就开始为给娃选礼物操碎了心。送玩具,这几乎是每月都来一次的频率,孩子已经不觉着新鲜。当礼物和心意成了理所应当,那惊喜和欢乐也就慢慢消失。

那六一送什么呢?我建议,与其猜测娃喜欢什么,不如挑一个合适的时机,和娃一起玩。和玩具比起来,孩子更需要的是玩伴——能对游戏一样有兴趣的玩伴。

第一波:黏土乐园,从娃玩到爹,然后妈咪忍不住加入。

朋友送了娃一盒黏土,就是那种比橡皮泥轻,更新时代的东西。一出现,就风靡我们家。先是娃随意捏,然后找爸爸帮忙,捏出小鸭子、小房子。再后来,爸爸上了瘾,每天晚饭后就和娃欢乐地捏起来。他们捏过乐比悠悠、大白、小黄人。要知道,妈妈那是要么不出手,一出手必然得得个满堂彩。凭借捏花多

日的经验，上手就做花，花束、花盒，还很花痴地做了个发簪戴起来，娃给拍了照留念。就这样，一家人从冬天玩到了春天，立夏时，积攒了一个纸盒的黏土作品。

第二波：涂鸦时刻，你涂我画，各有各流派。

娃从小就喜欢画画，两岁不到的时候拿着蜡笔随意画圈，然后开始有顺序地涂色。把那个时段的东西收集起来，做了个照片墙，看看蛮有趣的，是一个阶段的纪念。为娘的画画历程，正儿八经是从去年秋天开始的。每周都会想着画几笔，大半年下来，也有些小进展。

说到爹，据说从小就有颗向往文艺的心，但始终没找对机会。有次带娃逛跳蚤市场的时候，以三元 RMB 买了本彩铅书，从此找到了方向，开始了自学之路。创作欲望高涨的时候，每晚一幅，产量很高。

娃看着爹的高级渐变彩铅笔，各种羡慕，抛弃了自己的装备，非要和爸爸一起创作，其实是想蹭笔用。于是，晚饭后，那种和谐的场面天天在家呈现。两人坐在餐桌前，他画她图。至于我，别问了，除了洗碗，还能做的就是给爷俩点赞。

就这样，画画的游戏，一直进行到现在。爸爸已经开始第三本素描本了，小朋友收藏夹内的作品也越来越多。看来，照片墙又可以更新了。每到这个时候，只恨家中的墙，不够多。

给予，不如共享。陪伴，不如一起做玩伴。在和娃同玩的日夜中，我们一起成长。所以，我要说："大家，六一快乐！"

烟火气送花神

"芒种,忙种",一年中最繁忙的时候到了。农家到了夏季播种的日子,番薯、大豆、玉米,都要在这个时节种下去。至于女孩子们,还有更有趣的事情要做,那就是"送花神",很浪漫很有趣很女儿心。

最早知道芒种是读《红楼梦》,对于我这个从小学三年级开始看红楼的人来说,很多事情都是从这本书里晓得的,很多事情也都是从这本书里开始产生兴趣的。所以说"书中自有黄金屋,书中自有颜如玉",读书的乐趣也就在于此。

那一回叫做《滴翠亭杨妃戏彩蝶 埋香冢飞燕泣残红》,说的就是芒种时节大观园里的姑娘们送花神的场景。其实那里面还夹杂着宝姐姐九曲心肠的腹黑段子,这里就只挑重点说了。

话说那天一大早,众姐妹们就各个穿得美美的,到园子里祭饯花神,"或用花瓣柳枝编成轿马的,或用绫锦纱罗叠成干旄旌幢的,都用彩线系了,每一棵树上,每一枝花上,都系了这些物事。满园里绣带飘摇,花枝招展,更兼这些人打扮得桃羞杏让,燕妒莺惭,一时也道不尽"。可就在这时候,林妹妹不见了。特立独行的她扛着把锄头葬花去了,"花谢花飞花满天",那叫一个惨。青春年少的时候,觉着这是一种美,脱俗的。后来年纪大了些,觉着这就是活脱脱的矫情。偏偏要在人家开心的时候制造点不和谐音出来,目的其实也就是为了赢得别人注意,显得那么的与众不同。

意识到这点后,果断地抛弃这种念头,回归到人民大众中来,过

一个开心的芒种。这天一过就是炎炎夏日,众花皆谢,花神退位,须要饯行,所以得来个隆重的仪式。对花来说,最好的待遇,就是花开堪折直须折,莫待无花空折枝。

当然,如今乱摘花是不来赛的,要想赏花得去买。夏日凉风习习,晚饭后散步的时候,最喜欢能偶遇卖花的摊头。小贩的脚踏车后装满各种花束,大多不名贵,一蓬蓬的草花为主。什么情人草、勿忘我、康乃馨,有玫瑰和百合就算是高档货了。一天下来,到这个时候,也就半卖半送了。买了玫瑰送点草,捧着一捧回去,能让屋子光鲜一星期。

周末有朋友带娃来亲子,各种吃食准备起来,菜肉馄饨包起来,花插起来。红樱桃、黄琵琶,配一束香槟色的玫瑰,顺手采了点无名野花,金灿灿的。俗话说路边的野花不要采,要采就得好好待。小朋友在小区里捡到一枝石榴花,回到家拿着小瓶插起来,有模有样。

家宴后,花开得明艳。花瓣慢慢落下,觉着不用收拾也蛮美。就让黛姑娘去唱曲葬花吧,她有她的美,我们有我们的热闹。厨娘觉着,人间烟火气,才是芒种日里送花神的最好礼物。

[芒种菜谱:素鸡拼卤蛋]

原料:素鸡、草鸡蛋、八角、桂皮、香叶、丁香、草果、老抽、生抽、白糖

做法:1. 素鸡切片,油煎待用;
   2. 草鸡蛋清水煮好,过冷水去壳;
   3. 将各色调料调成卤汁煮开;
   4. 将煎好的素鸡片放入卤汁中浸一小时捞出即可;
   5. 白煮蛋放入之前的卤汁中煮开晾凉,浸半日,捞出对切;
   6. 两者做一双拼。

红黄都辟邪

端午节除了吃粽子，江浙一带有吃"五黄"的习俗：黄瓜、黄鳝、黄酒、咸蛋黄、黄鱼。刚搞清楚了这些，那厢说应该吃"五红"，分别为：烤鸭、苋菜、咸鸭蛋、龙虾、鳝鱼。目测下这黄的也未必黄，红的也不全红，红中带黄，黄中带红，还是让人傻傻分不清。

其实不管是红还是黄，都为了讨个吉利，杀杀五毒。传说中端午日蝎子、蛇、壁虎、蜈蚣、蟾蜍，五毒们都会出来溜达溜达，寻点事端什么的。所以大家必须吃点好的补补，这样才有力量战胜毒害。当然，有时候也会有误伤，比如白娘娘，莫名地就被雄黄给耽误了，宿命呀。

在中国人的概念里，红色代表着吉祥、喜庆，黄色象征着权力和神灵，这两色都有镇宅辟邪的作用。在端午这么大好的日子里，一定要把这些颜色吃下去，获得最大的能量，在往后的夏天才能战无不胜，攻无不克，五毒不侵，安安稳稳地过下去。恰好，这时候，黄瓜鲜、黄鳝肥，立夏日的咸鸭蛋也腌得到日子了，喝点小酒配一配，饱口福讨口彩二合一。医食同源，是老祖宗最大的智慧。

至于粽子，也有红黄之分。赤豆的为红，鲜肉的是黄，咸党与甜党早已和平相处了上千年。只是，那粽叶，一定是绿的！天天为股市担心的你，这么不争的事实，你能接受么？

除了吃，我们还有什么办法避五毒？

挂艾叶、菖蒲

菖蒲的叶子似剑,民间称之为"水剑",说它可"斩千邪"。外加艾草的香气可以驱蚊虫。

佩香包

用各种香料做成的香包挂在屋子里,或是随身带着,香气习习,还能解暑气。如果女孩子巧手做一枚给男朋友,那真是万千柔情,不用说呀。嗲!

艾叶熏香

点些干艾叶围着屋子的角角落落都熏一遍,对付小虫蚁挺有用的。不信,看看人家怡红院也这么做,就晴雯撕扇子那回有说。当然如果改用香薰,那也是极好的,安全也雅致。

祝大家端午安康,红得喜庆,黄得吉祥。明日开市不见绿。

夏至（公历 6 月 21~22 日之间）

剥豆听评弹

夏至，一年中白天最长的一天。只要起得早，就有大把时间好做很多事情。比如去菜场买新鲜的瓜菜，比如闻着栀子花香听评弹，惬意得很。

朱屺瞻说他长寿的秘诀就是"夜里吃粥听评弹"。那份悠然自得，着实让我们这等后辈折服。外婆是苏州人，从小听评弹长大，却对

之最不喜欢，她说一听到男人那口糯糯的腔调，就不舒服。据说外婆年轻时，有个开银行的苏州男人追她，天天腻在太婆周围，想走"上层路线"。外婆进院子一听到那腻得如糖粥一样的声音，立刻转身走人。后来，外婆嫁给了外公，北京人，地道的书香门第。外婆喜欢听京剧，因为外公是票友，两人还曾登台唱过《霸王别姬》。再后来，外公在她四十多岁的时候就去世了，外婆再也不听京戏，但凡遇到电视里转播，立马调台，并念叨着："远没你外公唱得好！"

而我，不知什么时候开始，喜欢上了听评弹。早上起来，无事的时候时常放张听听，蒋月泉的《庵堂认母》，沈世华的《莺莺操琴》，叮咚悦耳，缠绵悱恻。不过，听评弹的时候，粥不大吃，做得最多的是剥豆。春天是豌豆，然后是蚕豆，这两天自然轮到娇小玲珑的毛豆。

夏季，毛豆真是可人，绿绿的如翡翠，剥开豆荚，里面两三粒豆子，裹着白衣，鲜嫩得很。买毛豆要新鲜，所以需起个早，乘着风凉拎点回来。若是等到日上三竿，豆荚打蔫，里面的白衣也会干掉，豆子则老而无味了。剥毛豆要有点时间，所以千万别心急，拿上两个小竹筐，一放豆荚，一放壳；还需一个白瓷碗放剥出的豆。这样，从左到右依次排好，就可以聊聊天，听听书，手起豆落，消磨上一个清晨。

好的毛豆吃口微甜，而且自然带着种鲜美，

所以很多家常菜式，放点毛豆好吊鲜头的。比如雪菜毛豆、酱瓜毛豆、丝瓜毛豆都极为可口，寻常食材配在一起自有种诱人的味道。如果夏日滞暑，用这豆子来过白粥，清爽开胃，最是贴心。毛豆百搭，只要配得合体，怎么烧都好吃。

今年夏至，照例吃面。煮一点荞麦面，配一点雪菜炒毛豆，少少的辣椒段调味。吃面时，照样听评弹吧，《西厢待月》，蒋调的。

[**雪菜毛豆**]

原料：雪菜 、毛豆、白糖

做法：1. 毛豆剥好，雪菜洗净挤干水分，切碎；

2. 油锅里煸炒毛豆少许时间，再倒入雪菜继续翻炒；

3. 加少许水煨一会，放入一勺白糖调味即可。

祛湿平气，让人好起来

小暑。上海阴雨连绵，还没出梅。说好的夏天不见了，所以西瓜、冷饮、凉茶，也统统不受待见。

我们祖上，很祖很祖的那种，将小暑分为三候："一候温风至，二候蟋蟀居宇，三候鹰始鸷。"从这天开始，就进入三伏天了，到了大暑，就要开始一年之中最炎热的日子。当然，如今，厄尔尼诺现象搞得天气七荤八素，所以老皇历也得结合实际情况。否则这时候，一碗凉茶下肚，伤了肠胃，凉了心肝，作孽呀。

江南的黄梅季节，湿气最足，天天黏嗒嗒的。天气阴沉，气压低，不能出门溜达，弄得人整个都不好了。睡，睡不着，吃，吃不下，人人都像得了相思病。

蝴蝶也来充当一回老中医，湿气重的症状是：精神萎靡、嗜睡、身体乏力、舌苔厚。早上起来照镜子，人像肿了一圈。这种时候，山珍海味都没味。要想让人好起来，首先得祛湿。

祛湿的不二法门，就是薏米。薏米可以祛湿痹，利肠胃，消水肿，清热消暑。它可以烧甜品，煮水，煮粥。天天吃点喝点，调理了脾胃，又祛湿。而且在洗手做羹汤的时候，不得不让你平心静气，否则心烦气躁地把锅烧焦，别说祛湿了，灭火还来不及。

下面，蝴蝶就介绍几种薏米的吃法，一起调养生息。

不过温馨提示下，薏米再好，吃多也伤胃，所以悠着点。所谓老中医，其实就是在外婆、妈妈的基础上，再加入一点个人判断和

体验。

小暑天,这种阴凉是难般(沪语,意为"不常有")的。雨一停,热气该来还是会来的。所以,该吃吃,该睡睡,养好身体,夏天好玩耍。

祝大家,小暑安康。

[颜值最高的祛湿法:红豆薏米羹]

原料:薏米、红豆、白糖、红糖、冰糖

做法:1. 薏米、红豆分别浸泡一上午;

2. 然后分开煮,等薏米开花,红豆绵软;

3. 将豆子各自捞出用糖腌渍好;

4. 薏米水和红豆水放少量冰糖后滤干;

5. 吃的时候一勺红豆一勺薏米,然后加入薏米红豆水即可。

[幸福感最强的祛湿法:红枣薏米水]

原料:红枣、薏米、冰糖

做法:1. 红枣去核切开煮汁,水多放些,煮到枣肉无味后捞出;

2. 薏米泡上两小时后,倒入红枣水中继续煮,煮到开花,加冰糖即可。

[夏天最美味的祛湿法:薄荷绿豆粥]

原料:绿豆、薏米、糯米、大米、干薄荷叶、冰糖

做法:1. 绿豆、薏米、糯米、大米各一把,浸一上午;

2. 干薄荷叶泡水;

3. 将薄荷水滤净熬粥,到粥起凝头酥烂时,加冰糖即可。

大暑（公历 7 月 22~24 日之间）

夏日凉茶泡起来

大暑，一年中最热的时候到了。夏天一共有三伏，每伏十天。大暑正是在中伏的时候，上蒸下煮，弄得人天天晕晕的。

炎炎夏日，各种凉茶好登场亮相了。比起罐装饮料，凉茶更加消暑止渴，最重要的是泡茶是件十分有趣的事情。茶叶经过不同的配料、不同的泡制方法，能冲泡出不同的味道，此间乐趣，绝对不是买罐加多宝能替代的。早年去韩国的时候，印象最深的是韩国人家见不到碳酸饮料，主妇在家泡制各种茶，家家味道不同。居家生活的乐趣，也就在这点滴之间。

把往年夏天家常喝的凉茶贴整理一下，蝴蝶抛砖引玉，看看大家还有些什么其他的良方，让这里的夏日更加悠然惬意。

紫苏梅子茶

初夏时新鲜梅子用紫苏、盐、糖腌渍好，这会子拿出来泡茶正好。铁观音用冷泡茶的方法浸出茶汁，放入一片紫苏、一颗梅子，茶汁清亮带点微微的红。这种酸、甜、咸、苦具备的茶，冰饮最好。

青柠檬薄荷乌龙茶

青柠檬切片用盐糖腌渍好，乌龙茶用冷泡法泡出茶汁倒入瓶中，加柠檬、新鲜薄荷叶、薄荷糖浆、少量冰糖，加满水，浸泡两小时即可。

山楂陈皮决明子茶

一把决明子一把山楂干一块十五年的陈皮，加五六颗冰糖煮茶。水滚二十分钟的样子就好，然后等凉，滤出茶汁来即可。喜欢冰饮的在冰箱里放上半天，清凉爽口。今天这日子，温温的喝起来正好，配着栀子花香，这就是夏的味道。

一入伏，就有老中医们发警告，说冰镇饮料不能喝，冰西瓜不能吃。越热天越要喝热的，这样才能把暑气逼出来。有亲问蝴蝶的看法。蝴蝶觉着，冰可以吃，什么时候都能吃，只是吃多少的问题。那什么，北方的同学不是经常在寒冬腊月开暖气，吃马迭儿馋我们南方人么。不说远，日本的小朋友，不是从小就一年四季喝冰水么。

暑天，外面高温，进入室内，一边吹空调，一边大量喝冰水，里外夹击，人是会不好的。心急吃不了热豆腐，心急也吃不了冰西瓜不是。大家回忆下一大口吃

棒冰的感觉,是不是会脑仁痛。

　　清凉其实是个系统工程,夏天喝热饮,其实是让自己有个等待的过程。所谓心静自然凉。用好看的壶泡点好看的茶,倒在好看的杯子里。慢慢地泡,慢慢地喝,也就多少能慢慢地风凉下来。给自己一点时间,给夏天一点时间。

立秋（公历8月7~9日之间）

穿花裙吃西瓜再乘一次风凉

立秋。三伏天过了一大半，还剩下最后一伏了。虽然天还是很热，但毕竟它是要奔着秋天去了。天，是要越来越风凉了，这是个美好的愿望。

立秋后，白天温度很高，中午最热的时候仍然不适合外出溜达。但到了晚上，终究是好了下来，加上有时候下点雨，刮些小风，倒也是有了点凉意。小时候吃好晚饭，洗好澡，大家是会出去乘会儿风凉的。好不容易等到太阳落山，在家闷了一天的小孩子终于有时间能出去玩玩了。换上干净的棉布裙子，洒上花露水，再扑点痱子粉，各个雪白粉嫩的囡囡，等着邻居比较。"啧，啧，啧"，谁家的小囡功课好，还乖巧；谁家小囡的裙子好看，这家姆妈的手真巧，会裁剪会踏缝纫机，看着时装杂志就能做出新巧式样来。有比较就有伤害，弄堂就是个主妇竞技场，暗潮涌动呀。

但再好看的小花裙，一到立秋，姆妈就不再让我晚上穿着出门了。按她说法，秋天到了，凉气开始上来，小姑娘家不能穿得太少，出门要穿袜子穿长裤。于是，小花裙收起，各种棉的、真丝的长裤开始登场。那个年代会过日子的姆妈总会淘来些零头布，给小孩子简单裁剪一下，穿根松紧带，就好穿了。关键就在这花色的搭配和大小尺度上。太瘦了，小孩子穿着不舒服，也不风凉；太肥了成了练功的裤，又没了样子。所以要穿在身上显瘦，走起路来带风，不皱不粘不乡气。好了，想想吧，这哪是一条便裤，满满的都是上海

女人的傲娇。

后来想想，姆妈朴素的生活哲学其实还是蛮有道理的。过了高温天，晚上天气转凉，女孩子适当注意是应该的。太贪凉了，后面真心有苦头吃，除了关节炎，其他的，也就不用多说了，女孩子都懂的。如今每每看到穿着热裤热裙的姑娘出入空调间里，露着两条白生生的大腿，都老想给她们盖上条毛巾被。另外私底下问声："真的不冷么？"

除了这以外，立秋一过，西瓜也就不好吃了。说到这，真是有些淡淡的忧伤。

首先申明下，这里说的不好吃，是指口感，而不是说有什么大碍。俗话说"打春的萝卜，立秋的瓜"，后边一句为——变味了。伏天里的西瓜最好最甜，水分多。立秋后，西瓜下市，也就不当季了。后面的西瓜就没有那么香甜爽脆了，所以立秋日，民间有吃西瓜一说。也就是把握住机会，再尝一口美味。后面就该是柿子李子梨了。

小时候家里买西瓜不是一个个的，而是一麻袋一麻袋的来。爸爸单位里一入伏就会发西瓜作为防暑降温福利。那时候的西瓜，个大子黑水分多，吃不完的就滚到床下，甚至是写字台下面，于是我做功课的时候，时常是一脚一个，滚来滚去。人家哪吒是脚踩风火轮，我是脚登黑皮瓜，想想也是醉了。一个暑假下来，最后的那个瓜一开一包水，都被我踢熟了。

如今，科技昌明，别说是立秋了，就算寒冬腊月都能吃到爽脆的西瓜。但大棚瓜和露天瓜总是有区别的，只是区别除了口感外，更多的是一种惦念，是那种这个季节才有的好。

花裙子，花露水，痱子粉，小蒲扇，竹躺椅，8424薄皮瓜，让我们再去乘一次风凉，假装自己还年轻。

祝大家立秋安康。

附一个西瓜茶的菜单,纪念过一天少一天的夏天。

[薄荷西瓜茶]

原料:西瓜、冰糖、干薄荷叶、新鲜薄荷

做法:1. 西瓜吃了瓜瓤,切去瓜皮,留下瓜青,切丁加水煮茶;

2. 等水剩一半后关火加冰糖,晾凉后再加一点干薄荷叶泡的汁水;

3. 喝的时候再加一片新鲜薄荷叶即可。

七夕（农历七月初七）

花草首饰女儿心

七夕，又叫乞巧节。除了牛郎织女相会外，也是女孩子欢喜的节日。这天晚上，大家拜月祈求让自己的手更巧一点。还会乘着月色比赛穿针，看看到底谁厉害。

如今的姑娘已经不再自己织布绣花做衣裳了，但生活中的巧心思还是需要的。如今这种美德被称为生活美学。其实一点也不高深。就是没事折腾折腾，有事也折腾折腾，把拗造型作为一种习惯。习惯成自然，你会发现，其中乐趣无穷。比如这些花草叶子，摆弄一下就能变成首饰，设计一下，还挺美的。

小时候看过铁凝的《草戒指》，觉得很美很好看。"文章"里姑娘会用狗尾巴草编织成戒指，戴在手上，再大一点就用麦秆编高级版的，更复杂也更精致些。当然，如今回头看这文章，多少有些矫情，有些文艺。这年头，被人称文艺，是多么不好意思的事情。其实很

多时候，文艺也是一种玩耍，只要愿意，玩耍还是很开心的。

秋风习习的日子里，用花草串成项链，那颗大大的干果艳丽得很。

用多肉豆豆做的耳环，新鲜的和干花组合在一起，有种差异美。

小叶子卷成的胸针，小小的黄花增添一些生气，配着白衣飘飘，肯定很仙。

最后这个，隆重推出——植物发簪。竹签缠裹上绿胶带，配上多肉豆豆和金黄色的小干果，很是可爱。

蝴蝶戴上，是不是可以去演《大长今》了？

再来一张摆拍照，有种淘宝卖家拍宝贝的感觉吧。和小伙伴一起边拍边笑，各种欢乐。

这些首饰，自然没有金的银的名贵，也没有H家和小香家的有身价，它可能到第二天就凋谢了。它适合戴着拍照臭美，打发时间。和其他的手作一样，这种快乐是给自己的。

[花草发簪]

原料：竹签、绿胶带、多肉植物、干果、细铅丝

做法：1. 将多肉绿豆和金色干果绑上细铅丝；

2. 将做好的配件和竹签用铅丝固定在一起；

3. 最后缠绕上绿胶带即可。

岁时历　日日是好日

就中意一次荷花

七月半,中元节,重要程度和清明有得一比,思念一下先人,祭奠表些心意。不同的是,清明那天,春雨蒙蒙大家踏青扫墓;而七月半,多半会找水边放荷花灯。阴阳有别,水为阴,暗为阴,所以民间认为晚上放灯有超度亡灵的意思。还记得《甄嬛传》里莞嫔为了表现自己的大度和体贴,七月半那天晚上让浣碧去祭奠下她的生母,姑娘就一个人去池塘边放个花灯,哭哭啼啼地感慨庶出命苦。

不过如今,大家对于很多活动的本意已经不太在意,只要觉着有趣,就能随时随地地投入一把。比如粽子是一年四季都有,元宵也是超市里 365 天都能买得到。去乌镇、西塘的话,天天晚上都能看到放花灯。五颜六色的荷花灯漂在水面上,一旁还有姑娘和达令手牵手许愿的。反正,这就是个游戏,不用太认真。

中元节这天的花灯一般做成荷花形的。在大家的眼中,荷花和思念啦、信念啦、纯真啦最配。外加这夏末时间,水面上有点荷花,也是合乎情理的。亲,千万别和我说南海观音和道家老头,这故事一说就有点长,而且最主要不好玩。仪式感这事情,很多时候也就图个心意。意思到了就好。

不过,蝴蝶是喜欢荷花的。好看,不光是大明湖畔的荷花好看,哪儿的都好看。西湖边曲院风荷,重点是坐在旁边泡杯绿茶剥剥莲子,才是惬意。连人民公园的那一汪水,只要荷花开,就"嗡"地聚集一堆摄影爱好者,40℃高温天也不怕,这么拍那么拍。

高颜值的荷花,还是有内涵的,人家有藕有莲子,样样好吃样样小清新。有说绿茶表的,谁听说过荷花表?所以说,小清新们要学习,光有形式感是不行的,得接地气,下得了厨房,出得了厅堂。

一般情况下蝴蝶烧菜都很家常,但早年也曾请教过大菜师傅,学了一道正儿八经的拗造型菜,就是荷花系的。这会子翻出来和大家分享。荷叶、荷花、莲子和藕,将她们一层层组合在一起,拗一个甜蜜蜜的冷盘。后来想想,其实人家本来就好好的在一起,偏要分开,又重新组合,这就是传说中的解构主义么?

林大姐曾经唱过,"男人久不见莲花,开始觉得牡丹美"。这事貌似不太科学,看看李老师近况就知道了。不过不管日后如何,只要这会儿觉着美就行,不信,你试试,明天拗一朵,问问他,美么!

[荷香拼盘]

原料:藕、莲子、红枣、山楂糕、荷花、荷叶、冰糖、柠檬

做法:1. 红枣和莲子加冰糖煮好;

2. 藕切片,浸泡在淡淡的柠檬水中;

3. 荷叶做底,先摆好荷花瓣,中间放藕片,将莲子和红枣围在四周,最后撒上山楂糕粒即可。

煮盐水花生吃到渔舟唱晚小调起

过好七夕,三伏结束,就到处暑了。夏天好忙,一桩接一桩的事情。其实老底子就这样,过日子有滋有味的,一点都不会觉着厌弃。到一个时令了就该弄点吃喝,收拾收拾屋子,照顾照顾小囡,哪有什么时间抑郁,这都是富贵闲人的事情,比如林妹妹,比如《雷雨》里的繁漪。

好了,不替古人操心,先说说这处暑。暑气告一段落,秋凉慢慢地登堂入室。在这西瓜不甜、橘子未黄的时候,落花生正当季。

花生,上海人把带壳的叫做长生果,不带壳的叫做花生米。春节的时候果盘里总要有些炒好的长生果,一是好吃,二是讨个彩头。老底子电影院门口也常有卖炒花生的,申报纸包成三角包,买好去大光明看秀兰·邓波儿。在没有哈利克和薯片的年代,炒花生就是最可心的零食。

炒花生用的是干花生,其实最好吃的长生果是秋天里的新鲜花生。花生带着泥,湿漉漉的,买回来盐水煮着吃最嗲了。新鲜花生要多洗上几潽,否则全是沙泥,弄得满嘴都是。洗干净后,用盐水煮上小半个小时就好,很简单。只是那锅盐水要多放些料,除了盐,还要有八角、桂皮、丁香,以及少少的两粒花椒。二十分钟后,就可以捞一壳上来尝尝味道,如果已经绵软了就可以关火,但花生不要捞出来,让卤汁浸着,这样才能入味。所以煮花生最好是早晨,小菜买回来先把它洗干净,煮上再去弄其他的。一个上午下来,味道也就浸得差不多了。

午觉起来，盛一碗当零嘴吃吃，剩下的留到晚饭时候再吃。盐水花生是秋天过老酒的绝配，初秋的傍晚凉风习习，暑气退去，好有心思慢慢吃夜饭了。一盘盐水花生，一碟子糖醋藕，再有一条清蒸白水鱼，一碗虾皮丝瓜汤，上海人的饭桌上一片江南美色。吃花生的时候，好喝黄酒了，不用热，凉的就好，花雕一杯慢慢酌。开始的时候还用筷子一个个夹来吃，慢慢到最后其他菜不太理了，唯独花生还是放不下，筷子搁在一边，直接手指头捏捏。花生壳剥开后，汁水顺着手臂淋下来，赶紧叫姆妈拿块毛巾来擦擦。有花生的那天晚饭总是吃到很晚，电视机里都开始放天气预报了，酒杯里还有酒在，听着《渔舟唱晚》，再抿上两口。

蝴蝶的爸妈是知青，小时候随他们在外地生活过一段时间。二三十年前那里没有上海那么繁华，物资一度缺乏，但就是各种瓜果好，尤其是花生。好吃的花生要长在沙土地里，松散的土壤让花生饱满又香甜。所以每次回上海，爸妈总是想办法带花生回来，能多带一些就多带一些。一来是让大家尝尝鲜，二来平日里总是接到上海的邮包，爸妈也想尽点心意。

新鲜花生上市的时候，妈妈会多买些，摊在院子里吹干，留着天凉的时候吃。有年中秋外婆来过节，妈妈剥好花生米炒香，去掉衣，爸爸用石臼舂成花生酥给牙齿不好的外婆吃。那年秋天，家里总是飘着一股子花生味道，很香很香。

[**盐水花生**]

原料：新鲜花生、八角、花椒、桂皮、丁香、盐

做法：1.新鲜带壳花生洗干净；

2.水里加八角、花椒、桂皮、丁香、盐煮半小时；

3.关火浸半日即可。

白露（公历 9 月 7~9 日之间）

鸡头米不好辜负

白露，"蒹葭苍苍，白露为霜"。对的，后面就是"所谓伊人，在水一方"。琼瑶阿姨改成"绿草苍苍，白雾茫茫，有位佳人，在水一方"。真不愧改写高手，一下子就通俗易懂，每个字都能认得了。唱着唱着，这秋就缠绵了。眼泪水呀嗒嗒滴。

白露秋风夜，一夜凉一夜。这时候，白天还能抓住夏的尾巴，中午大日头底下还可以假装在度假，遮阳帽、太阳镜、印花长裙。但一到傍晚立刻凉下来，你再吊带衫，立马给你脸色看。空调间待上半小时，第二天颈椎找你麻烦。所以姆妈说过，立秋了就不能贪凉，白露天，女孩子要穿穿好，保保身架。

日子就这样，你再舍不得，夏天就这么过去了。白露天，也有风物。鸡头米。这日子去趟苏州，要问吃什么？十家有九家餐厅，告诉你"鸡头

米"！其实还用问么？这种日子菜场里到处都是。说到这里，先要啰嗦两句鸡头米是什么。它不是鸡身上的，也不是粮食。它是长在水里的，和荷花、菱角是好朋友。新鲜的鸡头米外面有个球一样的东西包着，样子就像是鸡头，剥开来里面一粒粒红色的，再剥去衣，就是白色的像珍珠一样，所以叫鸡头米。鸡头米晒干后，就叫芡实。如果去西塘，就能看到到处有卖芡实糕的，一条条像云片糕一样，中间夹着红褐色的，就是芡实粉。虽然水乡古镇早已被大家玩坏了，但蝴蝶还是蛮欢喜的。坐在烟雨长廊下，泡壶绿茶，吃吃芡实糕。这种东西就要在那儿吃才好，一是新鲜，软软的，二是配着那份悠闲的心境。一旦带回来，硬硬的就不好吃了，和超市里买的没两样。小食和女人一样，要有风情，才嗲。

如今的鸡头米价格日涨夜涨，每斤百来块。但再贵，江南人家到时候还是要买点尝鲜的。时令，必须得尝到嘴巴里，那日子也算过过了。吃得甜，后面的日子也会过得甜，老百姓的小乐惠就在这。

剥鸡头米是苏州女人的强项。坐在那，戴上金属扳指，手脚快的一个小时能剥一斤。一下午过去，面盆里堆成小山，但手指上满是小伤口。小时候一直不明白妈妈的指甲为什么总会是褐色的，如今自

己烧小菜就明白了。摘完菜后就那样。所以蝴蝶从来不涂指甲油,保不住的。

　　鸡头米可以和菱角、藕片一起炒,花名叫"荷塘月色"。估计朱自清吃完后,要哭晕在厨房。画面太美,不忍直视。但最最好吃的,就是一碗糖水。清水烧滚,加两勺白糖,鸡头米下去,滚上三十秒,就好关火盛起来了,撒一把干桂花,美死了。

　　蝴蝶欢喜鸡头米,每到这时候总要想办法去寻来吃。闺蜜嫁了苏州夫婿,时常快递过来。如今物流顺畅,冷链到位,包装盒里有冰包保鲜。拿到后,煮糖水再调一点藕粉进去。我晓得,你要说,这种吃法不正宗,但我就是欢喜藕粉。黏嗒嗒,甜蜜蜜,再配上糯糯的鸡头米,这才叫秋的滋味。谁说的来着,美食和爱不能辜负,鸡头米就是,没有之一。

[**藕粉桂花鸡头米**]

原料:新鲜鸡头米、藕粉、白糖、干桂花

做法:1. 水烧开,加白糖,下鸡头米煮三十秒;
　　　2. 冷水调开藕粉,慢慢调进滚水中;
　　　3. 调匀成透明状后即可关火;
　　　4. 盛出撒干桂花。

教师节（公历 9 月 10 日）

授人厨艺，手有余香

因为在厨艺课堂教课，所以被人妄称"绿老师"。教师节的时候，收到朋友祝福，感觉还是蛮开心的。

想来从 2011 年开始和大家分享生活，已经有六个年头了。从微博到微信，从杂志到网络，还有后来的电视节目、厨艺课堂，大家一路鼓励厚爱，让蝴蝶大有点明星的感觉，而且感觉也确实不错。哈哈！

但蝴蝶知道，蝴蝶不是什么明星，也不是专业厨师，其实蝴蝶的主业真的不是做美食的。当然这些都不重要，在家蝴蝶就是一个厨娘，愿意给家人给朋友做饭，天天烧月月烧年年烧，烧到天荒地老，然后拍得美美的给大家看。这些漂亮的照片，有相当一部分是蝴蝶

的先生拍的,当然我多少得摆一下,点一下,比如要前实后虚,要暖调什么的。很多朋友会说,菜是吃的,和好看没关系。但蝴蝶要说,真的有关系,而且关系大了。这年头谁也不少口吃的,好看的菜一是让人觉得美,二是让人觉得想念,最重要的是蝴蝶想告诉大家厨房不可怕,里面很多美好。能给大家带来一点灵感,让小伙伴们起身为家人做顿饭,这是蝴蝶最觉得成功的地方。

[柠檬柚子水果茶]

原料:红茶包、柠檬、葡萄柚、苹果、薄荷、蜂蜜

做法:1. 柠檬切片、葡萄柚去皮剥出果肉;
    2. 苹果去皮切丁淋柠檬汁,再用蜂蜜腌渍半小时;
    3. 热水冲泡红茶包,五分钟后取出茶包待用;
    4. 依次在茶汤中加入柠檬、苹果、葡萄柚;
    5. 最后淋蜂蜜、加新鲜薄荷叶即可。

[柠檬鲜橙芒果茶]

原料:红茶包、柠檬、鲜橙、芒果、薄荷、蜂蜜

做法:1. 柠檬、鲜橙切片;
    2. 芒果去皮切丁,淋上柠檬汁;
    3. 热水冲泡红茶包,五分钟后取出茶包待用;
    4. 依次在茶汤中加入柠檬、鲜橙、芒果;
    5. 最后淋蜂蜜、加新鲜薄荷叶即可。

[酸奶薄荷苏打饼]

原料:苏打饼干、厚酸奶、新鲜薄荷叶、蜂蜜

做法:1. 苏打饼干上放入一勺厚酸奶;
    2. 再点缀一片新鲜薄荷叶;
    3. 最后淋几滴蜂蜜即可。

有月饼的中秋才完整

中秋,月饼少不了。中国人讲究吃喝,很多时候就是要讨个彩头。月饼,圆圆的,象征着团圆和圆满。

这层意思是长大后慢慢才懂得的。小时候只是觉得月饼就是一种点心,每年有糖炒栗子的时候就要开始吃了。那时候只欢喜吃鲜肉月饼,再不济就是火腿、开洋、椒盐、苔菜,总之要咸的。别诧异,那时候的上海很少见广式月饼,都是苏式、潮式月饼做市面的。甜中带咸这种特殊滋味是很难得的,不过我欢喜。后来十五六岁的时候,开始喝茶,有次边翻书边喝茶,一次吃下半个新雅的豆沙月饼,我妈极为诧异。我依稀记得那年秋天在看《复活》,这会儿想想,场面好混搭。

岁月荏苒,后来我就开始每年去老大房、泰康、新雅排队买月饼,送长辈。那场面可壮观了,明年我纪实一下。

再再后来,三年前我开始自己做月饼,很时髦、颜值很高的冰皮月饼。

那一年当礼物送给朋友,是份特别的心意。

去年,做了抹茶口味。产品更新换代很重要嘛。记得那个中秋夜和娃的幼儿园小伙伴们一起赏月,带了一大盒抹茶月饼,大人孩子一起吃月饼聊天。

中秋前和闺蜜一家一起带娃做手工,孩子们做得有模有样。节日的意义在于让娃感受到生活的快乐,日子就这么圆了。

有月饼的中秋才完整。

祝大家中秋快乐!

[抹茶冰皮月饼]

原料:糯米粉、粘米粉、澄面、熟糕粉、牛奶、糖粉、色拉油、抹茶粉、豆沙馅

做法:1.糯米粉、粘米粉、澄面、糖粉、抹茶粉混合;

2.依次加入牛奶、色拉油搅拌均匀;

3.面糊放置三十分钟后放入蒸锅里再蒸三十分钟;

4.趁热将蒸熟的面糊搅拌均匀;

5.晾凉后分成大小均匀的团子,包入豆沙馅,包时手上拍些熟糕粉;

6.包好的团子放入模具压出花纹,脱模即可。

秋分（公历9月22~23日之间）

秋花秋色秋梨膏

　　秋分。节气上说这天日夜同长。从此以后，夜就一天天长起来，秋也就真的要到了。

　　江南开始和酷暑挥手告别，正式进入秋天。这段日子凉风习习，秋高气爽，正是下厨手作的好时节。我们新时代的美眉们，那得上得了厅堂，下得了厨房。嫁不嫁人不重要，重要的是得善待自己。秋分时节人容易干燥温热，梨是最好的滋补食材。用它搭配陈皮熬制秋梨膏，能润肺清火美容，还能抵抗雾霾对身体的损伤，绝对是美女必备的养生佳品。

　　老底子说秋分日夜长梦多，这就容易冒出各种不好的画面。还记得《红楼梦》里贾宝玉问王一贴那老道士要的疗妒汤么？"用极好的秋梨一个，二钱冰糖，一钱陈皮，水三碗，梨熟为度。每日清晨吃一个梨，吃来吃去就好了。"秋梨绝对是个好食材。

　　这会子看看，其实"疗妒"这事，男女都必须。

　　熬好秋梨膏，再摆弄会儿花草，消磨半日。

　　所谓养生，无非就是静心。无事才会生是非，有事，多的都是乐子。

　　大家秋日安康！

[陈皮秋梨膏]

功效：润肺清火美容，还能抵抗雾霾，绝对是爱美之人必备的养生佳品。

原料：陈皮、雪梨、黄冰糖、柠檬

做法：1.雪梨去皮去核切小块打成泥，滤出果汁；

2.梨核和陈皮一起熬水半小时；

3.将梨核和陈皮捞出，倒入雪梨汁，加黄冰糖，大火煮开后小火慢熬；

4.一个小时左右，熬成黏稠状，淋柠檬汁即可。

吃法：冲茶、涂面包，也可拌在烧好的糯米圆子或年糕粒里做甜品。

温馨提示：因为手作甜食，没有添加人工防腐剂，所以最多保存一个星期。每次记得控制好分量，万一多了，那就大家一起分享吧。分享是种美德！

寒露（公历 10 月 8~9 日之间）

桂花甜羹有助收心

今天寒露。翻了翻微博，去年的寒露是长假后的第一天，今年也是。所谓年年岁岁花相似，岁岁年年人不同，大多也就这个意思吧。

寒露，天气转冷。早晚寒意深，夏天的裙子该收拾起来，等明年了。白居易他老人家写过"袅袅凉风动，凄凄寒露零。兰衰花始白，荷破叶犹青"。挥手告别夏天，也是蛮美的。什么"秋阴不散霜飞晚，留得枯荷听雨声"，"空庭得秋长漫漫，寒露入暮愁衣单"，一到这时候，诗人总是特别的感慨。但蝴蝶要说伤春悲秋不可取，虽说长假回来有些惆怅，想想今年的假期全部用完，不免整个人都不好了。但转眼就是桂花飘香，枫叶正红，不是也蛮不错的么？

收拾不起来，那就行动缓慢些。比如蝴蝶，这会子正经的稿子码不出来，就在这和大家聊家常也挺好。整理整理资料，翻翻去年的微博，看到去年的寒露随手插了点花，阳光正好的早上，收拾屋子断舍离，让自己振作精神，好好地开始一个工作日。

前年做了桂花年糕银耳羹。那天风大雨大，做些甜点，温暖一下。看起来，那个长假结束后，也没立刻收拾起来。可见，长假综合征这事情是惯例，所以我决定，再懒散一些。将生命浪费在美好的事物上，是这么说的吧？

不过，我时常会觉着记日记是件有趣的事情。以前是日记本，后来是博客、微博，到现在微信。但微信实在不方便搜索，过去了就过去了，找也找不回来。"不求天长地久，只求曾经拥有"。迫使你

只好朝前看。

今年的寒露,也是阴阴的,特别有秋的味道。那就继续吃点甜的吧。甜,能让人开心,这道理,我们家娃都知道,常常以此为理由,申请多吃点巧克力。中式甜羹最方便,常备些银耳、桂圆、红枣这些南北货就能随时做了。银耳泡发好,慢慢地炖好银耳羹,然后另起一锅煮些年糕粒,就那种火锅年糕切成小粒,滚水里翻一下就可以,最后撒一把干桂花,甜甜糯糯的,还带点清香。

四季轮回,夏有夏的乐子,秋有秋的好。吃好甜羹,收拾好心情,大家开工愉快吧!

[桂花年糕银耳羹]

原料:银耳、火锅年糕、冰糖、干桂花

做法:1. 银耳洗净泡发好;

2. 小火加冰糖慢炖至酥烂;

3. 火锅年糕切粒,滚水中汆烫下;

4. 年糕粒盛入银耳羹里,撒些干桂花即可。

风雅重阳糕

重阳节,登高,赏菊,倍思亲。

秋高气爽的日子里,大家一起爬爬山,插个茱萸,一起思念下不在身边的亲人,发个微信问声好。其实重阳一直是个"赏秋、晒秋"的节日,在冬天来临之前再出外玩耍一下。和朋友们一起欣赏下美丽的秋色,作个诗、戴个花,再风雅一下。然后,过不了多久,西北风一起,大家顶多只能室内活动了。因为重阳节是农历九月九,九九和久久同音,象征着长寿,所以这天又被称为敬老节。

和其他所有的节令一样,重阳这天也有代表性吃食,那就是重阳糕。可以是米糕,也可以是糯米糕,可以有馅,也可以没有馅。江南人民辛劳智慧,将糕点的制作工艺发挥到最好水准,好吃好看好寓意,全在这口糕上。

蒸糕用来庆祝丰收的好年成,五谷丰登的时候大家团圆吃吃乐乐。一是款待答谢大家一年的关照,同时也为了再接再厉,后面的日子长着呢。

老底子,重阳这天娘家是要迎接女儿回来吃花糕。"九月九,搬回囡女歇歇手",那天姆妈要和嫁出去的女儿说说体己话,婆家对你怎么样呀,小姑子有没有花花肠子,女婿对你好不好。吃块糕,甜甜心,回去的日子也能过得节节高。

顾了小的,也不能忘了老的。杨丽萍早年的《云南印象》里有段唱词就是:"月亮能歇歇么,不能!女人能歇歇么,不能!"女人就是得这么能干,所谓八面玲珑那都是当家女人的基本素养。重阳节,做点敬老糕给老人,松软可口,祝他们健康长寿。俗话说"家有一老,如有一宝"嘛。

糕点,除了那么多美好寓意外,也是时令风物。这个时候桂花飘香,摘了下来和进米粉里做成桂花糕,满屋都是秋的味道。

重阳,吃糕赏秋,桂花酒、菊花茶,要么再簪上一枝花,你就可以作诗了。

[**桂花糕**]

原料:糯米粉、大米粉、绵白糖、干桂花、色拉油

做法:1. 糯米粉和大米粉对等分量,加一半分量的绵白糖,然后加一点点水混合一下;

2. 将混合粉两次过筛,醒上半小时左右;

3. 容器里刷上油,先倒入一小半,蒸锅里水开后蒸五分钟左右,取出来,撒一层干桂花,再将剩余的粉倒入,再撒一层桂花,入蒸半小时即可。

霜降（公历 10 月 23~24 日之间）

秋日果酱

霜降，天冷了。山楂红了，柿子甜了，做点果酱保存秋的味道。

蝴蝶一直提倡勤俭持家，就地取材。也就是说家里有什么做什么，尽量不要为了做什么去做什么。说得有点绕，麦兜一样的，其实就想说要会举一反三，触类旁通，别被菜谱框死。比如蝴蝶说秋日综合果酱，那是不是冬天就不能做了呢？家里只有两样水果没有三样，是不是就得顶着西北风去买一趟了？如果你这样，那我就表扬你是个认真的同学，但我觉得其实哪样都 OK。做菜不是写程序，没有这么严苛，说不定你就能创意出独门秘籍来，再说万一尝试失败了也没关系。

当然，一切的前提是你得会做基本款；另外更重要的是，筐里得有水果。

人生谈到这结束，书归正传说熬果酱。蝴蝶最近一次做的是山楂、柚子、柿子，很秋天很美味，很值得推广。

熬果酱之前先把山楂去核去蒂切小块，柚子把果肉掰碎，柿子稍微麻烦些，要去皮然后很有耐心地把里面的纤维去掉，否则很涩。所以可以考虑用个头小些然后不是太熟透的，或者可以用纱布裹住把汁水滤出来，然后把里面一片片的柿子籽挑出来，那个放进嘴里 QQ 的，口感特别好。

三样果肉都好了后，就加水，不用太多，漫过它们就好，加糖，先少点量。要问蝴蝶具体克数，你最好自己尝尝，比你期望值稍淡点

就好。然后中火煮开后，调小火熬，不停地用勺子搅动，所以最好用不粘锅，否则到时候洗起来很麻烦。当中记得要加新鲜柠檬汁，这是最好的天然防腐剂，还可以调节口味。当然了，它的防腐功效一般，所以手工果酱最多也就十天的保存期，吃得越快越好。

果酱一直要熬到很黏稠，有点推不动的感觉就基本差不多了，可以再放些糖或蜂蜜调调味道。然后关火，趁着热装瓶封口，把瓶子倒放着，这样密封效果比较好。

果酱装好后，可以再包装下，比如加个小花布，用橡皮筋扣住，上面再用草绳扎个蝴蝶结。一下子就文艺起来了，看起来很天然很有机，很上档次。你送送朋友，送送同事，绝对能拿得出手。对了，补充一句，熬果酱时一直做圆周运动，臂膀会很酸，到最后果酱会极力翻滚，然后会飞溅到手上，然后会很烫，然后会很疼。然后，侬还愿意做么？

[秋日果酱]

原料：山楂、柚子、柿子、白糖、柠檬、蜂蜜

做法：1. 山楂去核去蒂切小块，柚子将果肉分成小块；

2. 柿子去皮，挑去粗纤维；

3. 将处理好的果肉放入锅中，加水、加糖，小火熬制；

4. 水分收干后关火，淋上柠檬汁，最后调入蜂蜜；

5. 晾凉后装入瓶子即可。

万圣节（公历 10 月 31 日）

让菊花和南瓜做朋友

万圣节，到处都是南瓜。院子里、房间里，南瓜成了最打眼的装饰。那天，南瓜常被挖成南瓜灯，点上蜡烛，晚上增添些气氛。在西方的传说里，一个叫 Jack 的醉汉戏恶魔，最后聪明反被聪明误，弄得自己的灵魂没了安神之处，只能捧着烛火到处游荡。据说开始 Jack 提的是白萝卜灯，后来人们发现南瓜更适合做道具，所以就变成了南瓜灯。

如今传说已经不太有人提起，但南瓜灯成了万圣节的标配，甚至有些孩子穿上南瓜服，到处敲门去要糖，"不给糖，就捣蛋"，公开可以调皮的日子，一定要玩个尽兴。

开始的时候，每年都会挖一个南瓜灯应应景，标准的娃娃脸。为了练就这手艺，每次都一买两个，一个失败了，还有一个备份的。其实手熟了后，也就不在话下，三下五除二就搞定了。

时间一长，就觉得似乎也可以换个办法。人见异思迁、喜新厌

旧似乎是个通病，所以时不时得来点"创新"。万圣节的时候，正好菊花开得好，我们插菊花赏秋色，"歪国仁"和南瓜做朋友，找点乐子，形势不同，但都是为了完善么。

既然这样，不如就来个中西融合，让菊花和南瓜愉快地做朋友。用柳须柳条编织一个支架，然后空隙里插上菊花、摆上南瓜，还可以有其他的蔬果，哪怕是一头蒜，也能成为装饰品。新鲜的时候摆上两天，明天发现有些软了，就直接下锅煮掉，再换上新的。

既然装饰任务搞定，那另外一个备用南瓜不如就直接用来吃吧，让它发挥下基础功能。熟练地把南瓜挖成南瓜盅，然后放上炖好的银耳羹，加上冰糖红枣，小火慢慢蒸上一小时，南瓜酥软就好了。

于是，孩子们抢糖果，大人们分吃南瓜甜羹，节日里欢乐最重要。

[银耳红枣南瓜盅]

原料：小南瓜、银耳、红枣、冰糖

做法：1. 将南瓜的顶部切开，挖去籽；

　　　2. 将泡发好的银耳、红枣、冰糖放入南瓜盅里，并加满水；

　　　3. 在蒸锅里蒸三刻钟左右，至南瓜酥烂即可。

甜蜜记忆：赤豆桂圆羹

立冬，天气转冷。心里开始想念甜食，尤其是那种捧在手里热热的、吃在嘴里烫烫的甜羹，一调羹下去心里就暖起来了。立冬后万物凋零，屋外时常见到风卷落叶的景象，动不动一派萧条的模样。这种时候甜食最适合补元气，更主要的是，它还补心。

在被人归为熟女之前，对甜食毫无兴趣。从小到大的零食，全为鲜咸一类。比如鸭翅膀、牛肉干什么的，闺蜜总结说我主食零食无差异，基本是捧着小菜过日子。可青春一过，对这甜确实莫名其妙地爱起来。每每吃完饭后，总想来个甜品收尾，否则就像演出没有谢幕一样，不完美。而且最好像金色大厅里的新年音乐会那样，《拉德斯基进行曲》之后，反场三次才过瘾。旧年外婆家的年夜饭，就是这样一唱三叹的，吃完糯糯的豆沙八宝饭，一定还要上道水果羹，里面一应众多内容，等桌子收拾停当，宾主相谈甚欢后多少也得补上一碗猪油黑芝麻汤团，吃得满嘴甜甜地走。那时年少不知好，如今回想起来，真是满心香甜。

甜食，可能真的需要点年纪才懂得好。老底子的故事里，穿旗袍的众女子在打麻将进行当中，一定要些宵夜的。桂花糖芋艿、酒酿圆子，或是赤豆汤，一边甜羹在嘴，一边八卦各家琐事，那种婉转旖旎中暗藏多少机关，要怎样的七巧玲珑心才能算明白。但，甜食总是好吃的，女人遇到吃食总是掩饰不住心底的欢喜，哪怕刁钻的张爱玲，见了栗子蛋糕，也会恣意温柔一番。连笔下的喜宝，也把香

橙苏芙里作为膏牢勄存姿的法宝。

甜，就有这本事，化腐朽为神奇，化戾气为温情。苦难的时候尤其能感觉到甜的力量。比如江南的女人坐月子，天天红糖水，日日水潽蛋，做妈的感觉唯独这样才能让女儿忘却生产的苦，早日康复起来。吃过最滋补的甜，就数姆妈熬的冰糖蹄髈，里面还放上黑木耳和红枣。冬日里，夹一块软软的皮塞进我嘴里，弄得嘴巴黏嗒嗒的，顺便叮嘱两句做人媳妇不好轻狂的闲话。平日里不耐烦听的唠叨，裹着这甜，倒也顺耳了很多。

至于，那被邓丽君唱成"甜如蜜"的爱情，谁说是一路甜下去的。什么相思成灾，娇嗔拌嘴，那滋味顶多也是颗苏式话梅，酸甜夹杂，甚至还带点盐津橄榄的味道，说不清是咸是甜。也许正因为这样，恋爱中的人更需要甜食来调剂，感觉只有极致的巧克力、冰激凌来刺激脑垂体，才能让自己选择性地记住这份味道。当轰轰烈烈的感情成定局后，记忆功能也会逐渐恢复。打开记忆的匣子，谁说这甜食，就只有巧克力这么单调的，想想从小到大，吃过多少甜品，冰糖莲心、奶油蛋糕、红枣银耳羹，各有各的好，各有各的嗲。如果盯牢一个的话，再美估计也要味觉疲劳的。

于是，立冬夜洗手做羹汤，一点赤豆一点桂圆，甜得平和滋润也蛮好。和他一人一碗，过个稀松平常的夜。

[**赤豆桂圆羹**]

原料：银耳、赤豆、桂圆肉、黄冰糖

做法：1. 银耳发好修剪好，加水用搅拌机打匀，小火慢炖；

2. 起凝头后，放入浸泡过的赤豆、黄冰糖再炖；

3. 等赤豆酥烂，再加桂圆肉滚一下即可。

小雪天，芝麻糊

　　小雪，进入冬天后的第二个节气。早先吃了晚饭总要守在电视机前面关心一下天气预报，看看明天是不是到了零度，要不要换上鸭绒衫？除此之外，防寒最好的方式就是进补了。

　　我承认我年纪大了。到了节气，一定想着吃点什么，这边刚进了冬就开始去磨芝麻核桃粉。一斤黑芝麻，一斤核桃，再来一两冰糖，去菜场里找熟年阿姐加工。每年去的时候，都说着同样的话题："你家宝宝多大了？呀，你身材怎么保持得那么好呀，生了孩子都不发胖。"女人间的恭维之词，是再多也不嫌烦的。听听，笑笑，互相吹捧两句，就好付了钞票回去了。

　　有了芝麻糊的日子，手里的那晚甜羹就时常是黑乎乎的。早上豆浆里放一勺，晚上牛奶里放一勺，吃燕窝吃阿胶，总之是找尽了机会放它。实在不济，拿着调羹就这么一勺勺地干吃也是好的，反正麦乳精好这样，芝麻粉自然也是可以的。

　　从立冬开始，芝麻核桃补了大半个月，笃悠悠地到了小雪。上海的冬天真是冷死，下着雨，更是又阴又潮。记得早年在博物馆工作的时候遇到一位从哈尔滨调来的阿姐。她说上海比东北冷上一百倍，弄得她裙子都不敢穿，还有那一件件的裘皮大衣也只好挂在衣橱里。听着这话，我脑子里只浮现出中央大街上那白俄女子富饶优美的样子，还有各种香肠和大列巴。上海的冬天不可能这么豪迈的，老底子女子三九天也要穿丝袜的，大衣里旗袍下隐隐一对玉腿，再

冷也得这样。

所以,不补怎么可以?小雪天了,芝麻核桃一定不好断。抓把剥了壳的银杏出来,水里笃糯了,盛出来。滚水里放几勺这黑色的宝贝粉,一边滚着,一边去调碗藕粉。我一年四季家里备着藕粉,要杭州的老牌子才好。冷水调一碗,炉子上烧烧开,做甜羹什么的最好了。这芝麻糊里照样放一点进去,火开小边烧边搅,等着糊糊黏稠起来,一旁的银杏也好摆进去,再加点绵白糖拌拌就好。

热滚滚的芝麻糊盛一碗捧着,一边自家吃,一边调羹里晾凉了塞到囡囡的嘴里。说不定这小人长大了,冷天也是要穿丝袜的。早点补起来,姆妈也好放心。

[银杏芝麻糊]

原料:芝麻核桃粉、银杏、绵白糖、藕粉

做法:1. 剥了壳的银杏加水煮糯;

2. 捞出银杏,在水里加芝麻核桃粉;

3. 冷水调藕粉,到入锅内;

4. 边烧边用勺子按同一方向搅动;

5. 芝麻糊黏稠后加入银杏、绵白糖即可。

感恩节（公历11月第四个星期四）

看得见的幸福

今天是感恩节，一个带有点宗教色彩的西方节日。对它的最初印象就是要吃火鸡，一只硕大的烤鸡呈现在餐桌上，每每看到这个画面的时候，我的第一反应就是"不好吃"。老外的肉鸡怎么能和我们的走地鸡比，肉粗味柴，除了壮，毫无优点。

后来知道，感恩节起源于美国，是老美独创的一个节日。想当年一艘"五月花"，把一部分有理想有抱负的清教徒们带到了北美洲。要注意，五月花不是我们熟悉的那个面巾纸牌子，而是"The Mayflower"，一艘逃离土豆国的渔船，就这样开启了一段新的历史。到了自由世界的人们，重新开始农耕生活，也就是"你挑水来，我种地；你抓鸡来，我烧饭"，夫妻双双建家园。那个时候，火鸡这种肉类食物，个大管饱，所以是相当受欢迎的。后来为了庆祝美好的生活，他们把丰收的日子定为了节日。看来世界人民其实都是一样的，有吃有喝，那才是节。这就是感恩节的由来。再后来美国独立了，林肯同学就把这节日定为全国的节日，美国国会正式将每年11月第四个星期四定为"感恩节"。这节还不是过一天，从周四一直到星期天。这么一想，也就对了，要是换成我们的德州扒鸡或是上海三黄鸡，那是怎么也吃不了那么多天的，唯有火鸡适合，今天吃了明天热。所以每只鸡总有一个适合它的节日，找准了定位，才能幸福。

本来这就是大家掉掉书袋，分享下历史知识的日子，因为有了微信，突然变得不一样了。一早起来，大家纷纷问候，感恩有了彼比，世界满是真情在。

　　说到感恩，想起去年偶遇的一次展览。"看不见的视觉艺术"，策展人展示了盲人的艺术世界。光源、香气、触觉，在内心都可以构思成画面。其实对于视觉正常的人来说，画，也并不都是看到的。听、触摸、感觉都能反应成画面。记得我的中学老师说看到数学题应该能反应成黑板上的课堂板书。这对我帮助颇大，后来不止数理化公式，文章、历史地理记忆也直接转化成场景。一直到后来做编辑记忆拍摄场地，一圈逛下来一帧帧浮现，加文字说明，加音乐加体感，浮现一遍基本不会忘记。

　　"看得见"真的是种幸福，而能够看得见各种美好，是幸中之幸。感恩，有双明亮的眼睛。让我们一起做眼保健操，保护视力，感恩人生。

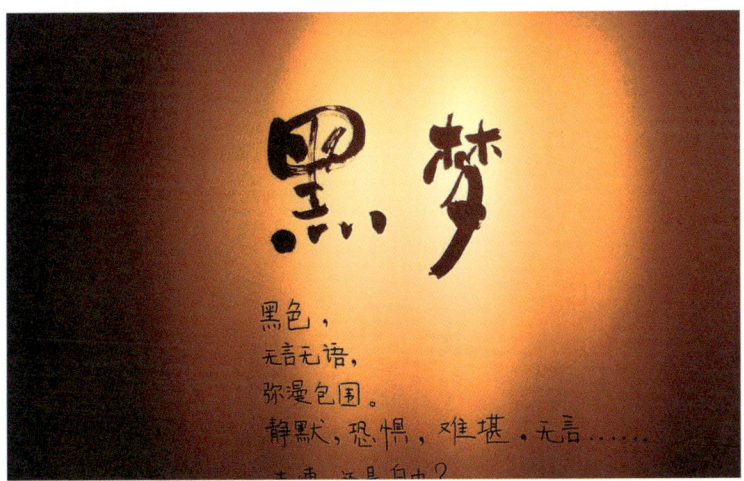

猪脚汤是福

大雪。上海一个冬天几乎都见不到雪,但冷是一点都不打折扣的。古籍上说大雪时节分为三候:"一候鹖鴠不鸣,二候虎始交,三候荔挺出。"这种时候动物界就如同赵老师在电视里说的一样,一切归于平静。那我们处于食物链顶端的人类自然也顺势少外出,多在家里琢磨点吃喝。

炖黄豆猪脚汤,是这冬天里最开心的事情。一对白嫩肥硕的猪脚和黄豆一起炖得酥烂。肉皮用筷子一碰就会有节奏地抖擞,像跳伦巴一样。咬一口下去,皮里带着点肉,连着点蹄筋,真真美味。还有那炖得同样酥烂的黄豆,圆润丰腴,比蜜腊、和田玉可爱上百倍。豆子在嘴里一抿就塌塌酥,用勺子一口口舀着吃,十分可心。

最最好吃,是那碗汤。玉石里管这种颜色叫糖色。带点点黄,又很透,暖暖的讨人欢喜。现代女人去花大价钱买胶原蛋白粉,当补药吃,真真是一点乐趣都没有。这猪脚汤里的营养元素该有的都有,而且比药好吃上千倍。一口下去,嘴唇黏嗒嗒,满足呀。

上海人炖汤,不像广东人,是连汤带料都要吃的。所以,汤要宽,料也要足,缺一样都不可以。比如著名的腌笃鲜,如果把春笋、百叶结和肉都撇下,只取汤的话,就作孽了。会吃的一定要嘱咐姆妈,每样来一块,然后再添满汤,这样吃起来味道才对。炖猪脚汤一样,料和汤都要照顾到。炖汤的时候,不要弄什么高压锅,那种半个小时搞定的汤,不浓不香,不会好吃。也不要搬出插电的汤煲来,弄得

骨头都酥掉,汤里全是渣子,猪脚也是要讲究造型的。老老实实,用个砂锅,炖它个三小时,工夫到了自然好吃。三小时里,客厅厨房,你可能要走上十来次。有这种运动打前站,后面才好没有顾虑地喝汤。忙也忙了,累了累了,自然要好好补补。

黄豆猪脚汤真的是补,否则也不会列入产妇的食谱。不管现在月子餐怎么科学,怎么现代化,小 S 再鼓吹,汤,产妇总归要喝的。月子里的元气、小囡的奶水,就靠这些汤了。姆妈早早起来炖好,看着女儿喝下,心才能放下。月子坐得好,身体才会好。做了妈的女人,后面的生活有得好累了。这时候,再补都不为过。

汤水里满是女人的福气。

[**黄豆猪脚汤**]

原料:黄豆、猪脚、生姜、黄酒、盐

做法:1. 黄豆泡一夜;

   2. 猪脚洗净切块,飞水洗掉浮沫;

   3. 猪脚、黄豆,放少许生姜、黄酒,加水炖;

   4. 大火煮沸后,小火慢炖,三小时左右酥烂后加盐即可。

冬至（公历12月21~23日之间）

数九消寒

冬至，北方人吃饺子，江南则是家家煮汤圆。

那文人呢，除此之外，还得早早地置办好数九消寒图，这习俗貌似不分大江南北的。原先清宫里，每年冬天都会由懋勤殿统一制作消寒图，上面是道光皇帝御笔亲题的"亭前垂柳，珍重待春风"的诗句。九个字做成空心的，就跟描红簿一样排在九宫格里。每字九笔，每天描一笔，描完就正好春暖花开，河边看杨柳了。

制好了消寒图，就好做汤圆了。如今水磨粉是不再磨了，每次想吃汤团顶多是买现成的糯米粉回来包一下，一半纯糯米一半血糯米。黑白配很中国。比如围棋，黑白两色子左摆右摆，巴掌大的地方立刻杀气腾腾，让人紧张得直出汗。还有书法，无论是小楷，还是狂草，一张纸一研墨，可以写得缠绵悱恻，也可以力拔山河兮气盖世，甚至笔下烁金

要人性命的也不在少数。当然黑白两色搭配在一起,也有温润恬静的。比方这糯米圆子,黑白两色混在一起,别有一番柔情。

甜羹里挺重要的是一锅赤豆汤,一定要香糯酥烂,但又不能脱形。做这个日本主妇确实厉害,那年去东京的时候撞到一家甜食店,小小的店堂里面总共祖孙两人。祖母在外收银服务,孙女在厨房里煮食,店里供应的甜品不超过十种,排行第一的就是赤豆年糕汤。日本的赤豆汤很浓稠,而且很甜,店里会配一小碟昆布作为调剂,加上一杯煎茶,才能将这么甜腻的汤水送下去。回来后查了资料才知道,那家店已经开了十几年,很有名气。原先在厨房里待的是祖母,如今年纪大了才换成孙女,自己则在店堂里服务。

做汤羹的赤豆要泡上两个小时,然后上笼蒸,再煮,这样才好吃。圆子是现烧现吃,而且一定得另起锅煮,千万别将赤豆汤和它混在一起弄,否则是一团糊涂糨,糟蹋东西。将圆子捞起放在赤豆汤里,再撒上几颗桂花,更是完美。捧上这样一碗来消夜,再冷也不怕!

[**赤豆双色糯米圆子**]

原料:赤豆、冰糖、双色糯米圆子、干桂花

做法:1. 烧好赤豆羹为汤底,加冰糖待用;

2. 另起锅,水开后煮圆子,浮起即可;

3. 将圆子放入赤豆羹内,撒上干桂花即可。

圣诞节（公历 12 月 25 日）

圣诞煮热酒

圣诞节，你如果没时间倒饬圣诞树，也不想放袜子候着圣诞老人，那建议你一定要煮一锅热红酒。相信蝴蝶，厨房里一旦飘出热酒的味道，你就愿意把这洋节好好过一下了。节日里，酒比茶更让人亲近。

蝴蝶不是教徒，但蝴蝶依旧感谢耶稣，因为他让全世界人民有了一个乐和的理由，有部分地方的群众还能放上几天假，真是普天同庆，实惠得不得了。记得小时候看《十六岁的花季》，那帮熊孩子大晚上翻墙出来，在大街上撒野狂欢很前卫地庆祝圣诞。如果没有记错的话，那个场景是在南京路的立交桥上拍的，背后霓虹灯闪来闪去。如今这桥早已不在，十六岁的骨朵也早已开花结果了。而在电视机前羡慕他们的同时，蝴蝶和自己的小伙伴们开始互送贺卡。从单张明信片到折叠式的，再到后来立体卡等等众多花样，明明就是同桌也要送张卡，而且卡的好看程度决定了彼此的亲疏关系，态度很鲜明的。

有次爸妈搬家的时候，还理出一打贺卡，

那是蝴蝶的青葱岁月呀。

青葱虽美,但随着拌面和馄饨一起过去了。如今,我们开始高大上地过节,和全世界人民一样吃烤鸡喝红酒,在美食面前,人人平等。

煮热红酒,对酒的种类有要求,对酒的牌子没任何要求。不用拉斐、波尔多这些讲究,红的就行。然后切一个橙子,把丁香一枝枝插在上面,成品看起来很行为艺术的。再加上柠檬、肉桂和黄糖,最后倒些姜汁进去,热腾腾的煮一锅。丁香和肉桂有种暖暖的味道,随着酒气一起挥发,能香一屋子。天寒地冻的日子里,这味道绝对秒杀那些合成精油。

平安夜,煮热红酒宴请朋友,一瓶下去大家意犹未尽,再煮一瓶,说说笑笑好不热闹。散后,酒还有,热热,再喝上一杯。今早厨房里,还满是香气。今天是圣诞,大家继续喝酒,继续快乐,就这么枕着酒香到明年吧。

[**热红酒**]

原料:红葡萄酒、橙子、柠檬、肉桂、丁香、黄糖、姜汁

做法:1. 橙子对切,将丁香插在果肉上;

    2. 和肉桂、柠檬片、黄糖一起放入锅中;

    3. 倒入红葡萄酒,加热至滚;

    4. 最后加入姜汁即可。

岁时历　日日是好日

图书在版编目（ＣＩＰ）数据

岁时历：日日是好日 / 郑静著．—上海：上海文化出版社，2016.6
ISBN 978-7-5535-0573-2

Ⅰ．①岁… Ⅱ．①郑… Ⅲ．①随笔－作品集－中国－当代 Ⅳ．① I267.1

中国版本图书馆 CIP 数据核字 (2016) 第 150287 号

责 任 编 辑　　黄慧鸣
装 帧 设 计　　汤　靖
责 任 监 制　　陈　平　刘　学

书　　　名	岁时历：日日是好日	
作　　　者	郑静	
出　　　版	上海世纪出版集团　上海文化出版社	
地　　　址	上海市绍兴路 7 号	
邮　　　码	200020	
网　　　址	www.cshwh.com	
发　　　行	上海世纪出版股份有限公司发行中心	
印　　　刷	上海丽佳制版印刷有限公司	
开　　　本	889×1194　1/32	
印　　　张	6.25	
字　　　数	130 千	
版　　　次	2016 年 8 月第一版　2016 年 8 月第一次印刷	
国 际 书 号	ISBN 978-7-5535-0573-2/G.083	
定　　　价	45.00 元	

敬 告 读 者　　本书如有质量问题请联系印刷厂质量科
电　　　话　　021-64855582